DÉFENSE D'ENTRER !

RÉSERVÉ AUX GARS

CAROLINE HÉROUX

AVEC LA COLLABORATION DE CHARLES-OLIVIER LAROUCHE

Catalogage avant publication de Bibliothèque et Archives nationales
du Québec et Bibliothèque et Archives Canada

Héroux, Caroline, 1970-

    Défense d'entrer!
    Pour les jeunes de 10 ans et plus.
    ISBN 978-2-89714-119-6
    I. Titre.

PS8613.E756D43 2014   jC843'.6 C2014-940388-7
PS9613.E756D43 2014

Directeur littéraire: Martin Balthazar
Révision linguistique: Aimée Verret
Conception graphique et mise en pages: Julia Chhoy
Correction: Pascale Matuszek
Photo: Mathieu Rivard

Dépôt légal: 2e trimestre 2014
Bibliothèque et Archives nationales du Québec
Bibliothèque et Archives Canada
© Les Éditions de la Bagnole, 2014
Tous droits réservés pour tous pays
ISBN: 978-2-89714-119-6

GROUPE VILLE-MARIE LITTÉRATURE
Vice-président à l'édition
Martin Balthazar

ÉDITIONS DE LA BAGNOLE
Éditrice
Annie Ouellet

Groupe Ville-Marie Littérature inc.
Une société de Québecor Média
1010, rue de La Gauchetière Est
Montréal (Québec) H2L 2N5
Tél.: 514 523-7993, poste 4201
Téléc.: 514 282-7530
info@leseditionsdelabagnole.com
leseditionsdelabagnole.com

Nous reconnaissons l'aide financière du gouvernement du Canada par
l'entremise du Fonds du livre du Canada (FLC) pour nos activités d'édition.
Nous remercions le Conseil des arts du Canada de l'aide accordée à notre
programme de publication.
Les Éditions de la Bagnole bénéficient du soutien financier de la Société
de développement des entreprises culturelles du Québec (SODEC) pour leur
programme d'édition.
Gouvernement du Québec - Programme de crédit d'impôt pour l'édition de
livres - Gestion SODEC

Bon. Par où commencer? Je déteste lire, mais comme je suis en punition, j'aime autant mieux écrire ce que je pense de ma grande sœur

Amélie... Elle est complètement folle et elle me met de mauvaise humeur... :(

C'est aujourd'hui le **5 août,** (je suis assis sur mon lit, dans ma chambre) et ma mère vient de me punir car j'ai {encore} fouiné dans la chambre d'Amélie.

J'ai mis une grenouille morte...

sur son lit

{y'en a toujours plein près de chez moi, au parc, car il y a un marécage pas bien loin}...

Elle a crié comme une hystérique. **J'étais trop crampé!** Tant pis pour elle. Elle avait juste à ne pas être **MÉCHANTE** avec moi devant ses amies...

Mais ma mère me chicane toujours quand je fais quelque chose à ma sœur (ou aux autres...) et ça...

c'est pas cool...

Je suis obligé de rester dans ma chambre pendant une heure. Le temps que ma sœur se calme.

Mais ça vaut la peine
{j'ai le sourire aux lèvres!!}...

- **Même fendu jusqu'aux oreilles**
- **J'en ai mal aux joues**

P.-S : ** ... Par contre, ce qui me dérange, c'est qu'elle ne peut pas **PROUVER** que c'est moi qui l'ai fait! J'ai quand même mes droits, non?

N'EXISTE-T-IL PAS UNE PHRASE
QUI AFFIRME...

Innocent
tant que pas reconnu coupable????

... OU QUELQUE CHOSE DU GENRE.

Je pense que ma mère devrait me donner le droit de m'exprimer. Si on m'empêche d'exercer mes droits, je vais me plaindre à la commission de...

DE QUOI?

Ben, la commission des droits des enfants qui veulent se plaindre de leur grande sœur.

TIENS!!

Non mais, elle me tape vraiment sur les nerfs, elle, avec ses cheveux et son maquillage et ses PETITES JUPES. Je l'ai surprise l'autre jour au parc à frencher avec son chum.

Oui, oui, je sais ce que ça veut dire. Ça veut dire embrasser quelqu'un sur les **LÈVRES** et c'est vraiment dégueu....

Fallait voir la face de ma sœur quand je l'ai dit à ma mère! ☺ Trop drôle. Elle a crié, genre...

Mélie: Heille, t'es vraiment **LON**, toi!

Et là, ma mère nous a envoyés dans nos chambres, et moi j'ai pu penser à mon prochain coup. **MAIS MON P'TIT FRÈRE EST RENTRÉ DIX MINUTES APRÈS,** et il est venu me déranger encore une fois. Il n'est pas du monde, lui, il ne me lâche pas une seconde, et il me tape sur les nerfs. Il s'appelle **Arthur.** Oh, en passant, moi, c'est

CHARLES

... mais tout le monde m'appelle

LOLO

Ça vient de mon p'tit frère, qui n'était pas capable de dire mon nom comme il faut quand il était plus jeune...

C'est correct, c'est l'fun d'avoir un surnom. Moi j'aime ça, en tout cas... Pis c'est cool, LOLO, non?

*** OK. J'avoue que je me sens bizarre de parler à un carnet **(PAS UN JOURNAL)**...   Je sais que tu ne vas pas me répondre, ~~Journal Cahier~~ Carnet. Mais ça fait du bien quand même de pouvoir enfin dire ce que je pense... En plus, c'est pas comme si c'était un vrai journal...

** Y a juste les filles qui écrivent dans un journal...

Ma sœur, elle s'appelle Amélie, mais moi je l'appelle, ✻MÉMÉ✻ et elle déteste ça. C'est pour ça que je l'appelle comme ça... Mais les autres l'appellent Mélie.

Wow... Méchant changement.

Arthur, lui, ben... c'est... Arthur. Ben, son surnom, c'est Tutu.
Je niaise pas. Je ne peux pas croire qu'il accepte de se faire appeler par le nom des jupes des ballerines... SÉRIEUX!!! (ça ne fait pas très masculin...)

Mais moi, j'en ai un pour lui, sauf qu'il n'est pas gentil, alors je ne le dis à personne... juste au cas où ma mère l'entendrait, car elle entend – et voit

ABSOLUMENT tout. Je la crois quand elle dit que son petit doigt sait tout. C'est vrai... ☹

P.-S.: ** Au début, je ne la croyais pas, je pensais que toutes les mères étaient comme ça, mais mes amis me disent que non.

Ma mère est hallucinante. En plus, elle a des yeux derrière la tête, car elle voit **VRAIMENT** tout!! Je pense aussi qu'elle a des oreilles bioniques, car elle entend **TOUT** aussi!! Je garde donc le surnom de mon petit frère juste pour moi... (Longue pause...)

** OK. D'abord, je vais me censurer et écrire @#$%?& (surnom d'Arthur). :) En passant, Arthur a une jumelle. Ma petite sœur. Elle s'appelle

Et devine c'est quoi, son surnom?

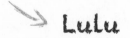

JE TE LE JURE !!! TUTU ET LULU ! SÉRIEUX !!!

Pas compliqué. Mais Lulu, elle me laisse tranquille, la plupart du temps. Sauf qu'elle est toujours après Arthur. Je la surnomme la queue de vache...

MEUH!!

BIENVENUE DANS MA FAMILLE !

Maman: LOLO!!!!!

OH! OH! Ma mère m'appelle parce que je dois aller acheter mon nouvel uniforme scolaire pour la rentrée. L'école recommence dans

21 jours et je n'ai vraiment pas hâte. :(

Arthur (entre nous: @#$%?&) va encore m'achaler pendant les récrés pis ça m'énerve solide...

Bon, je dois y aller, c'est ma mère qui s'énerve...
Ne pense pas que je vais continuer à écrire. J'ai des choses plus intéressantes à faire que de perdre mon temps avec ce ~~cahier~~ carnet... quoique ça me fasse du bien de me défouler... et tant mieux si tu aimes mes histoires!

ᴏ ᴜ ꓚ ⌒ ⎯ ꝺ

Ouain, ben je suis encore en punition dans ma chambre. On est le 8 août... Tant qu'à compter les oiseaux que je vois par ma fenêtre (y en a pas beaucoup, ça fait que le temps ne passe pas vite...), je vais continuer mon histoire... Où est-ce que j'en étais?

Ah oui, mon petit frère...
ma grande sœur!

ELH, NON,

AMÉLIE. MÉMÉ. Elle passe des heures à se regarder dans le miroir de la salle de bain, et c'est toujours quand j'ai envie de... ben, de faire un numéro 2. Alors là, faut que j'aille en bas **(là où tout le monde est... et peut m'entendre... euh... lâcher des pets)** ou dans les toilettes de mes parents. *L'ENFER.*

Elle a un grand miroir dans sa chambre. Elle ne pourrait pas se regarder là??? Que peut-elle bien regarder pendant des heures???

J'y comprends rien... En tout cas, moi, je ne ferai jamais ça, perdre mon temps devant un miroir...

En plus, elle passe des heures sur FaceTime avec sa

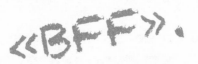

{Best friends forever – meilleures amies pour toujours. Ça m'énerve solide.}

Genre, elles se voient toute la journée, mais elles se parlent toute la soirée!! Quand elle ne parle pas avec Nana (sa BFF), Mémé parle avec Simon. Son chum. Au moins, lui, y'est

~~FOLLE~~ FULL COOL!!

P.-S.: ** Je ne comprends pas ce qu'il aime chez ma sœur. Surtout qu'elle a souvent de gros boutons qui lui poussent dans la face...

Dans ces cas-là, elle passe encore plus de temps devant le miroir, à essayer de se les péter...

L'ENFER!!!

Je suis content d'être un gars... J'ai juste 11 ans, alors je dois faire attention, car moi aussi, je vais peut-être en avoir, des boutons, et c'est ~~foule~~ full

LOOOOOSER...

*** Cette fois-ci, je le mérite un peu, d'être en pénitence, parce que j'ai cassé le nez de ma sœur.

~SANS FAIRE PAR EXPRÈS~

P.-S.: ** JURÉ, CRACHÉ **.

** **Je ne vais pas cracher pour de vrai, car ce serait un peu dégueu de le faire sur le plancher de ma chambre. C'est juste une expression...**

En tout cas, je ne pensais pas qu'elle se casserait le nez. Je lui ai simplement fait une petite jambette ce matin dans la cuisine... Ce n'est pas de ma faute si elle a revolé sur le frigidaire... Ça saignait pas à peu près... C'était full cool de voir ça!

Comme dans les !!

Plein de sang partout. Mon meilleur ami, Max, vole les films d'horreur de son grand frère, et, parfois, on les regarde ensemble en cachette.

On fait semblant de jouer à Super Mario sur la **Wii**, mais on regarde des films d'horreur.

MALADE !!!

Mes parents ne veulent pas que je regarde ça, parce qu'ils disent que je vais faire des cauchemars.

EUH, RAPPORT??

** Je ne suis quand même plus un bébé...

OK. Je dois avouer que je n'aime pas vraiment ça, descendre tout seul au sous-sol quand tout le monde est en haut. C'est **PAS** que j'ai peur, mais je pense que c'est plus prudent que j'y aille seulement avec d'autres membres de ma famille... Juste au cas où... ben, il y aurait des C.N.I. dans le sous-sol**.

** (CRÉATURES NON IDENTIFIÉES... OU NON IDENTIFIABLES...)

Mais, pour en revenir à ma sœur, mon père a dû l'emmener à l'hôpital pour qu'on lui replace le nez... C'est pas drôle, mais c'est drôle quand même... Disons que ce n'est pas drôle, car, si elle lit ce ~~cahier~~ carnet, elle sera fâchée. Je rirai donc en cachette... ~~(Hihi!)~~

P.-S.: ** J'avoue que je me sens un peu mal, parce que je ne pensais pas que ça aurait de si grosses conséquences... Je voulais seulement qu'elle tombe. **Point final.**

** Je ne lui souhaitais pas un nez cassé, quand même... en tout cas, presque pas...

Même si c'est un petit (ou un gros!!!) **bonus**. Je pense que le bon Dieu l'a punie pour toutes les fois où elle a été méchante avec moi...

Nous sommes le 10 août aujourd'hui, et c'est injuste que je sois puni cette fois, car c'est @#$%?& (Arthur) qui a commencé la chicane.

(Encore dans ma chambre, sur mon lit, à regarder les mauvais coups de pinceau sur le mur à côté de moi, là où mon père a collé un gros collant de Darth Vader. ** Ma chambre est toute en **Guerre des Étoiles** S T A R   W A R S].)

** J'ai pas vraiment le goût d'écrire, mais là, faut que ça sorte...

C'est toujours moi qui me fais prendre et, quand j'ai voulu protester, ma mère m'a tiré l'oreille et m'a traîné jusqu'à ma chambre. OUCH!!!

Sérieux...

J'ai vraiment mal à l'oreille... et j'ai le goût de pleurer. (** Mais je ne vais pas pleurer, juste au cas où quelqu'un me verrait...)

Je suis tellement fâché de ne pas pouvoir jouer au soccer dehors avec mes amis que je vais mettre ma chambre à l'envers. L'été achève et on dirait que je l'ai passé en pénitence, dans ma *&??%$ de chambre...

Finalement, j'ai TRRRRRRRRRRÈÈÈÈÈS hâte que l'école recommence!!! Ma famille va enfin me laisser la paix.

Maman, papa, Mémé, Tutu, Lulu, ils m'énervent tous... **SOLIDE.**

´ ´ ´ ´ ´ ´ ´ ´ ´ ´ ´ ´ ´ ´ ´ ´ ´ ´ ´ ´

Une semaine plus tard...

Bon, je viens de battre un record, car on est le **17 août** aujourd'hui!!!! ça fait 7 jours que je n'ai pas été puni. (Faut que j'avoue que je m'ennuyais un peu de mon ~~CAHIER~~ CARNET... juste parce que ça me fait du bien de dire ce que je pense.)

7 JOURS!!!!!!

C'est ÉNORME!!

Même mes parents sont inquiets de mon attitude. Je ne vais tout de même pas terminer l'été dans ma chambre à écrire...

(Je suis assis sur mon lit, et j'analyse la couleur de ma chambre, qui aurait besoin d'être changée... à mon avis.)**

J'aime mieux jouer au soccer avec mes amis.

Mais @#$%?& est venu me déranger
et je l'ai frappé derrière la tête.

Comme ma mère me le fait quand je ne suis pas fin.
Mais, parce que je suis un enfant, je n'ai pas le droit
de le faire.

TROP POCHE

Les parents, eux, font tout ce qu'ils veulent.
Nous, les enfants, on n'a **jamais** le droit
de rien faire. J'ai le goût de fonder mon propre
pays, où les enfants pourront régner et faire
toutes les lois!! Bonbons pour tout le monde!!!!!!

CHOLOLAT ET SOLLER À VOLONTÉ!!!!

FINIE, L'ÉCOLE!!! On ne garde que les RÉCRÉS!!!

YÉ!!!

Bon, il faudrait que je me trouve
un nom de pays.

AS-TU DES IDÉES??

Liberté!!

Plaisir!!

Récréations!!

...à volonté!!!!

Mon chien  vient d'entrer.

** *OUPS!* J'avais oublié de le présenter, lui...

On l'appelle **Frileux**, car il est trrrrès poilu, et il n'a jamais froid!! J'aime me coller contre lui les soirs d'hiver, car il est plus chaud qu'une grosse couverture de laine!!! Ça fait presque un an qu'on l'a.

C'est l'ami de l'ami du frère du cousin de mon père qui en avait plusieurs à vendre, et mon père a décidé de l'acheter, parce qu'on n'arrêtait pas de l'achaler avec ça.

Maman avait raison, c'est toujours elle qui doit s'en occuper.
**** Sauf quand je veux vraiment quelque chose, je lui offre de promener le chien,

ET C'EST RARE QU'ELLE REFUSE...

Pour revenir à mes moutons, ma mère a vu (par la fenêtre de la cuisine - ou grâce à ses pouvoirs surnaturels, je ne sais jamais...) que j'ai frappé mon frère, qui s'est mis à pleurer**.

P.-P.-S.: ** RIEN DE NOUVEAU: il pleure toujours pour rien, celui-là.

Elle est sortie, elle m'a pris par l'oreille (encore: OUCH) et elle m'a chicané devant mes amis... A W K W A R D!!!

{** Awkward - prononcé AK-OUARD - est mon expression préférée. Ça veut dire, genre, **MALAISE**... J'aime ça, dire ça, parce que personne d'autre ne le dit... sauf le perroquet dans le film **R I O** - c'est là que j'ai pris l'expression.

On regarde tous les films américains en anglais, car mes parents disent que ça nous exerce. Honnêtement, moi, je trouve que je ne parle pas si mal l'anglais. Mieux que Mémé, en tout cas... **}

** Moi, je le dis en anglais, **AK-OUARD**, parce que je trouve ça plus cool.

Demain, on sera le **24 août**.

LA RENTRÉE SCOLAIRE... ENFIN...

Je ne suis pas en «**TIME OUT**» dans ma chambre ce soir (pour une fois), mais ma mère veut que je me couche tôt pour être en forme demain... (** Pour moi, c'est comme un time out.) Poche. Il est 20 h. J'ai onze ans, presque douze. (Ben quoi? Je viens d'avoir mes onze ans, mais j'en aurai douze à ma prochaine fête, DANS MOINS D'UN AN!!) Je devrais me coucher à 22 h **AU MOINS**. Mais ma mère et mon père sont tellement

POCHES

Et très sévères... **AU MOINS**, elle ne m'a pas forcé à lire ce soir. **JE DÉTESTE LIRE**"...

P.-P.-S.: ** ... mais j'aime ça parfois, quand les histoires sont drôles, là, ou bien les bandes dessinées, ça me fait rire...

** Et, tant qu'à lire, j'aime mieux écrire, c'est plus l'fun... et je trouve que le temps passe plus vite... **OH! OH!...**

Je viens de lâcher un gros prout (PET) et ça ne sent pas très bon... J'ai mangé une omelette pour souper, ça doit être pour ça que ça sent les œufs ~~pourris~~ pourris. Ma sœur entre dans ma chambre au même moment.

Mémé: OUACHE! Dégueu!!!

GÉNIAL!! Elle est ressortie aussitôt {après m'avoir traité de cochon}. Trop drôle!!

Elle aurait dû cogner avant d'entrer. En plus, j'ai mis une pancarte

sur la porte de ma chambre. Oups, j'entends maman monter les escaliers!! VITE! **DODO!!!**

24 août. Rentrée scolaire. Je suis dans la classe de madame Manon. **YIPPEEE!!!** C'est elle que je voulais!! En plus, Max est dans ma classe, avec Laurent et Tommy. Y a aussi des filles, mais elles font leurs petites pies et elles m'énervent.

Mais là, j'ai vu la plus belle de toutes les filles entrer dans ma classe et je suis devenu tout croche. Elle s'appelle **JUSTINE**. Elle est nouvelle à l'école et c'est la plus belle fille du monde... En plus, elle s'est assise à côté de moi. **OOOOOOOHHHHH!!!**

P.-S.: ** J'ai jamais dit ça avant, **MAIS...** ... j'espère qu'on va garder les mêmes places toute l'année!!!

** C'était juste une demi-journée, alors je suis revenu manger à la maison avec @#$%?& et Mémé. Demain, les sandwiches au jambon de ma mère recommencent pour de bon. Tant mieux, **J'ADORE** les sandwiches au jambon de ma mère. Deux tranches de pain et deux tranches de jambon. Rien d'autre.

** Ben, des fois elle change de sorte de pain...
Mais le jambon reste le même. C'est mon père
qui le fait dans le Presto (chaudron
hermétique, genre...)
et il met de la cassonade (et de la bière –
cool) dessus. **MALADE!!**

P.-S.: ** J'avoue que je suis un peu dif-
ficile sur la nourriture, et ma mère est un peu
découragée, car elle aimerait me préparer autre
chose que des **sandwiches au jambon**
(**elle cuisine bien**), mais c'est ça que j'aime...

Cette année, je vais me forcer à manger plus
souvent à la café... Comme mes amis.
Je ne deviendrai pas un *LOOOOOOSER*
comme William. Quel épais. Dans tous les sens du
terme... si tu vois ce que je veux dire...

En plus, ses lunettes (à William) sont tellement épaisses qu'elles sont comme des fonds de bouteille. Hahahahahahaha!!! Et, s'il continue à manger comme un gros cochon, il va devenir aussi gros que... que... ben, **UNE GROSSE PERSONNE.**
** Même s'il l'est déjà...

Ça recommence... Le **25 août.** ** Je suis dans ma chambre... pieds nus... **(Je sais, ça n'a pas rapport, mais j'avais le goût de le dire...)**

Maman est obsédée par le fait qu'on doit se coucher tôt pour être en forme. Y a juste Mémé qui peut se coucher plus tard. C'est normal, elle est plus vieille que moi.

Elle aura bientôt quinze ans. On a le même père, mais pas la même mère. Elle, sa mère n'est plus là pour la chicaner... Elle n'est pas chanceuse, sa mère est morte du cancer quand elle est née, alors elle ne l'a jamais connue... **C'est pas cool, ça, quand même.**

Maman me chicane souvent, mais au moins elle est encore en vie et elle me dit qu'elle m'aime tous les jours. Papa aussi.

P.-S. : ** Il travaille fort, et on ne le voit pas beaucoup la semaine, mais il est là les fins de semaine et on peut jouer ensemble au soccer. Il a une compagnie de buanderie. C'est pour ça qu'il travaille fort.

Nous, on n'a pas encore de devoirs {TANT MIEUX}, mais la semaine prochaine ça va commencer... Bon, je suis fatigué, je vais me coucher... Il est 8 H 15... Quand même. Je vais rêver un peu à Justine avant de m'endormir...

6 septembre. (Mon école, cours d'anglais - plate)

Ouain, ben les jours ~~passes~~ passent plus vite quand on va à l'école... Max et moi, on a échangé des mots ~~aujourd'hui~~ aujourd'hui pendant le cours d'anglais.

La prof est tellement **LOOOOSER** avec ses bottes d'armée puis sa robe de... de... ben, de je ne sais pas trop où, mais, en tout cas, elle est laide. La robe, je veux dire... Oh, puis la prof aussi. Je suis sûr qu'elle a un tatouage quelque part, elle... Elle a vraiment l'air d'une fille qui a un tatouage... **En fait, ça m'intrigue...** Je me demande comment je pourrais le savoir... **Hmm...** je vais penser à un plan... Peu importe, elle est vraiment trop vieille pour porter ces bottes-là. Elle a au moins, genre, trente ans... Et, en plus, elle a un accent quand elle parle anglais... JOSIANE CHAMPAGNE, c'est pas très anglophone, ça...

7 septembre. (Ma classe, deuxième colonne, près de la fenêtre, troisième rangée)

Justine m'a fait un gros sourire. En plus, elle a ri de ma blague... Enfin, je pense. Car on était deux à faire une blague en même temps, alors je ne suis pas vraiment sûr à **100 %**... ** **SEULEMENT** à 50 %, genre. ** Mais c'est mieux que **0 %**, non?

— — — — — — — — — — —

11 septembre. (Ma classe, encore deuxième colonne, près de la fenêtre, troisième rangée)

Aujourd'hui, en classe, on a parlé du 11 septembre 2001 et du WORLD TRADE CENTER à New York. Moi, je suis déjà allé à New York avec mes parents, mais après **2001**, alors je n'ai pas vu les 2 deux tours. C'était quand même impressionnant de voir le gros trou. Il y a eu deux mille morts cette journée-là. Madame Manon nous a montrés des photos, et je suis allé voir des vidéos sur YouTube..

William dit que son père connaît quelqu'un qui connaissait quelqu'un (qui connaissait quelqu'un???) qui est mort en sautant de la tour n° 2. William, il ne dit pas souvent la vérité, alors on ne sait pas si c'est vrai.

P.-S.:** **Mais son père a déjà habité à New York, alors ça se peut que ça soit vrai (à moins que ça ne soit pas vrai que son père ~~est~~ ait habité à New York, on ne sait jamais avec lui... Ça me mélange, toutes ces histoires...)**

Ma grand-mère a mangé avec mon grand-père trois jours avant le 11 septembre en haut de la tour numéro un (ou numéro deux??), car il y avait un bon restaurant qui s'appelait...

EUH, je ne me souviens plus du nom, mais, en tout cas, ça a l'air que c'était bon. Il y avait le mot *WORLD* dedans, il me semble...

Elle dit aussi qu'on devrait inventer de petits parachutes personnels pour ceux qui travaillent dans des ~~immeuble~~ immeubles de plus de dix étages, comme ça ils pourraient sauter en bas sans se ~~tué~~ tuer. Ce n'est vraiment pas drôle.

P.-S. : ** (Ce que je ne comprends pas, c'est que, vu qu'on peut mourir en sautant d'un deuxième étage, il faudrait des parachutes dans toutes les maisons, non??)

Hmm... en les vendant dans le monde, je serais le riche le plus jeune de la planète, et là, JUSTINE me trouverait peut-être cool...

Ma mère me dit que tout le monde se souvient de ce qu'il faisait le 11 SEPTEMBRE 2001. C'est comme quand la guerre a éclaté, c'est un moment mémorable, et ça marque les gens. Le monde entier a changé cette journée-là, que mon père dit...

Moi, en tout cas, je ~~c'est ces s'est~~ sais qu'il faut maintenant enlever nos chaussures quand on traverse la sécurité à l'aéroport... et on est mieux de ne pas faire de blagues, parce qu'ils n'ont pas le sens de l'humour, les douaniers.

OH QUE NON!!!!

Tommy va venir passer la journée de samedi chez nous. **COOOOL!!!** On va faire plein d'affaires ensemble. De tous mes meilleurs amis, lui, c'est mon meilleur *MEILLEUR* ami.

P.-S.: ** Mais j'aime aussi mon cousin **JOJE**. Il est super drôle et on a huit mois de différence (mais il a une tête de plus que moi; sérieux, il est comme un **GÉANT!!!**). Mais je ne le vois pas tout le temps, car il habite un peu loin... Ben, pas si loin, mais loin quand même...

12 septembre. (Dans ma chambre, assis à mon bureau... Je sais, c'est rare.)

CHOSES À FAIRE AVEC TOMMY SAMEDI.

* Jouer au hockey.
* Parler de nos grandes sœurs {en
secret, dans ma chambre. Tommy aussi en a une,
mais elle est plus jeune que Mémé. Elle a 14 ans
et elle s'appelle Geoli. Je sais, c'est vraiment
bizarre comme nom, mais c'est comme ça. Faut
le prononcer « jo-li ».   Mais elle ne l'est
V-R-A-I-M-E-N-T pas...}.

* Parler des élèves de notre classe.
* Jouer à la Wii. (Coooool.)
* Manger du Kraft Dinner avec des
carrés aux Rice Krispies (ou des brownies
de ma mère – YEAH!!).

☹ **ON SE FOUT DE LA DATE...** (Mais on est le samedi**. ** Celui où Tommy est venu jouer... voir le 12 septembre.)

** Dans le sous-sol...

Tommy n'est plus mon ami. Il est venu jouer chez moi aujourd'hui et a apporté **Harry Potter et la coupe de feu** (S O N F I L M préféré).

** Jusque-là, pas de problème...

On l'a donc regardé ensemble. Mais, après le dîner (avec les deux sangsues – Tutu et Lulu), il a voulu le regarder à nouveau. Je lui ai dit qu'une fois, c'était assez, et il a appelé sa mère pour qu'elle vienne le chercher, mais elle ne pouvait pas alors on l'a regardé à nouveau. Il a ruiné la journée.

En plus, @#$%?& est venu nous achaler et Tommy était fâché de se faire déranger pendant le film**.

(** Euh, on l'avait vu le matin...) Je sais qu'il est gossant, mon p'tit frère, mais quand même...

JOURNÉE TROP POCHE. ☹

** {Des crêpes au chocolat pour dessert, miam! Journée pas si poche, finalement!} :)

3 octobre. Je sors du Costco avec papa et on a acheté full bonbons pour ~~L'Hall'oween L'Hal-loo-é'en~~ L'HALLOWEEN ****!!!**

** Je sais, je sais, on est à l'avance: mon père a toujours peur d'en manquer...

Y'est trop cool, mon père (surtout quand ma mère n'est pas là...). Aujourd'hui, c'est la fête des jumeaux et Lulu est bien excitée. Ce soir, on s'en va manger au restaurant dans La Petite-Italie. Ça s'appelle LA ******** (je ne veux pas le dire, sinon il va y avoir trop de monde et on n'aura plus jamais de table), et on y fait la meilleure pizza au MONDE!!

Ma mère doit préparer les gâteaux de fête, alors elle n'a pas le temps de faire les commissions aujourd'hui. Je me suis porté volontaire avec papa. Au moins, je n'ai pas à m'occuper des jumeaux. C'est Mémé qui va le faire.

** Son chum Simon est là aussi. Ils avaient cassé la semaine dernière, mais là, ils ont repris ensemble... MÉGA GAFFE.

{POUR LUI, EN TOUT CAS.}

Demain, on s'en va dans un parc intérieur pour la fête des jumeaux. Il va y avoir plein de jeunes de huit ans.

* L'ENFER!!!
* Poche.
* Nul.
* Je vais m'emmerder.
* Euh, encore poche.

J'haïs ça, les fêtes d'enfants. Ça crie et ça court partout... J'aimerais avoir une machine à avancer le temps. Il me semble que ça serait cool.

P.-S.: ** Note à moi-même: lors de la fondation du pays pour jeunes, il faudra inventer une machine à avancer - ou reculer - le temps. OH, et aussi fabriquer de petits parachutes **, tant qu'à y être...

**J'enverrai quand même des redevances (💵💵💵) à mamie pour son idée...

---

4 octobre. (Parc intérieur: ~~foule~~ full de morveux qui crient et courent partout)

Trop hot, la fête des jumeaux!!!!!!! Une des nouvelles amies de Lulu s'appelle Charlotte. Et devine c'est qui, sa grande sœur??

JUSTINE!!!

La même que dans ma classe!!!

Elle est venue reconduire sa sœur

** {AVEC SA MÈRE, ÉVIDEMMENT, CAR ELLE NE CONDUIT PAS}

et elle m'a parlé!!! *TROP COOL!!!*

Voici comment ça s'est passé:

Moi: Salut.

Justine: Salut.

Moi (en montrant Charlotte): C'est ta petite sœur?

J.: Oui.

Moi: Je savais pas que t'avais une petite sœur.

J.: ...

Moi: T'es venue la reconduire?

(EUH, ÉVIDENT, NON?)

J.: Oui.

Moi: Coooool.

P.-S.: ** À MOI-MÊME: AAAAAAAAWKWAAAARD!!!!!

Après la fête – dans l'auto pour revenir à la maison:

** Ouain, ben pas sûr que c'était si cool finalement, mais je me reprendrai la prochaine fois...

Plus tard, en fin d'après-midi – dans la cuisine en grignotant des chips... en cachette...

** À bien y penser, j'ai passé pour un bel épais devant Justine...

Pendant la SOIRÉE (dans ma chambre, assis par terre dans le coin entre mon bureau et ma seule prise électrique...):

** J'espère que Justine n'en parlera pas à ses amies... J'ai eu l'air fou... J'aurais dû lui parler plus intelligemment... Je pense qu'elle me trouve con, mais, une fois, genre, j'ai fait une blague en classe et elle a ri... Mais toute la classe a ri, alors ça ne compte pas vraiment...

En plein milieu de la nuit... je me réveille en me disant:

**  ZUT!!!!

Elle pense que je suis FULL LOOOOOOSER. Faut que je trouve quelque chose de bien à faire devant elle...

• Devenir président de la classe – presque impossible, c'est toujours Jonathan...

• Avoir 100 % en rédaction – physiquement impossible d'avoir 100 % en rédaction...

• Être le plus drôle de la classe – ça, c'est possible... enfin, je pense... En tout cas, je suis plus drôle que Jonathan et Nathan.

5 octobre. **OK.** Non seulement je suis en pénitence **(je ne dis pas pourquoi, parce que c'est un peu gênant...)**, mais Justine me trouve full looooser. Elle ne m'a même pas regardé et ne m'a pas répondu aujourd'hui quand je lui ai dit: «SALUT.»

Ma ~~maud~~ conne de sœur... Fallait qu'elle soit amie avec la sœur de Justine. Tellement poche... J'ai des jumeaux ruineux de vie...

7 octobre. (dans la cuisine, je remets une feuille à maman): ** *AH NON!!*

Comme chaque début d'année scolaire,
on a reçu une lettre disant qu'il y a des poux à
l'école. Pas dans ma classe, car on commence à
être un peu vieux...

P.-S.: ** ÇA A L'AIR QU'IL Y A UN RAPPORT,
MAIS JE NE COMPRENDS PAS... ** VA FALLOIR QUE
JE ME LA FASSE EXPLIQUER, CELLE-LÀ...

... mais dans la classe des jumeaux.
Et maman vient de trouver des lentes (bébés poux)
sur la tête de Lulu.

Ça veut dire que nous sommes tous
obligés de nous faire un traitement pour la tête,
car c'est possible qu'on en ait tous. Alors, papa
est allé acheter des bouteilles de shampoing
contre les **POUX** et on fait ça ~~se~~ ce soir. On
est tous assis avec nos casques de douche sur la
tête pour quinze minutes.

** Pis on a l'air de casques de douche avec
nos casques... de douche. JURÉ.

ça fait seulement **DEUX MINUTES ET QUARANTE-DEUX, QUARANTE-TROIS, QUARANTE-QUATRE SECONDES**... bref, et ça me brûle déjà...

Je déteste faire ce traitement, c'est la troisième fois en sept ans et c'est l'enfer. Surtout que je ne suis pas techniquement obligé d'en faire un, puisque ma mère n'a rien trouvé dans le fond de ma tête. Et en plus je n'ai pas beaucoup de cheveux!!!! (Et ils sont très courts!)

ELLE DIT QUE C'EST SEULEMENT PAR PRÉCAUTION.

Je pense aussi qu'on va être obligés d'en faire un autre demain soir ou dans deux jours.

En plus, elle panique tellement **(MA MÈRE...)** que là, elle lave tous les draps, toutous, coussins. **TOUT** dans la laveuse avec de l'eau brûlante. Je pense que, si elle pouvait rentrer les sofas dans la laveuse, elle le ferait...

L'avantage est que je peux confirmer qu'un casque de douche, ça ne va *VRAIMENT* pas bien à Mémé...

Héhé.

** En tout cas, s'il y a un pou qui survit dans la maison, il est fait vraiment fort et il mérite une médaille d'or. **

╱ ╱ ╱ ╱ ╱ ╱ ╱ ╱ ╱ ╱ ╱ ╱ ╱ ╱ ╱

8 octobre. (**Cafétéria de l'école.** Moi: à la table près de la deuxième fenêtre de gauche... euh... de droite. Ben, ça dépend on regarde de quel bord...)

Kevin en sixième année a renversé le plateau de William sur lui. Il l'a fait exprès et William avait plein de sauce à «spagatte» sur son chandail. Quand la surveillante a demandé qui avait fait ça, William a dit que c'est lui qui s'était enfargé. Il était mieux, car Kevin l'aurait ramassé après l'école.

Avec ses trois amis aussi délinquants que lui**...
**Je les appelle con n° 1, con n° 2 et con n° 3.

Mais c'était TORDANT. Kevin et sa ~~gagne~~ gang (selon le dictionnaire) font toujours des niaiseries à William...

C'est pas si pire, ça nous fait rire... William, lui, il trouve pas ça très drôle. Les filles ne trouvent pas ça drôle non plus, mais on s'en fout. Elles sont toutes nouilles. Même JUSTINE. Sauf quand elle rit de mes blagues en classe... ** **Même si on est assis l'un à côté de l'autre, elle ne me parle pas beaucoup... Je dois trouver un moyen...**

• En faisant de meilleures blagues.
• En laissant traîner mes bonnes notes (quand j'en ai) sur mon bureau, pour qu'elle les voie.
• Euh... pas d'autres idées...

10 octobre. (En classe, assis à mon bureau)
C'est confirmé. Je suis FUUUULLLLL LOOOOOSER. Aujourd'hui, en classe, madame Manon a dit quelque chose de drôle et j'ai éclaté de rire, comme tout le monde.

(JUSQUE-LÀ, PAS DE PROBLÈME...)

Mais je riais tellement que j'ai lâché un ~~pette pète~~ pet. Y'était pas gros, mais ça a sorti fort. Je suis sûr que Justine a entendu... **MÉGA MALAISE**.

Si elle pensait que j'étais un loser, maintenant elle doit penser que je suis **FULL LOOOOOOOSER**...

À moins que j'invente les petits parachutes rapidement et que je devienne riche...

Je ne veux plus jamais retourner à l'école de **TOUTE** ma vie. Je vais essayer d'être malade demain. Après-demain, on a **CONGÉ**.

** Lundi, ça fera quatre jours que je ne serai pas allé à l'école. Peut-être que Justine va avoir oublié... Full awkward.. **

Plus tard – dans la soirée... (Je suis presque couché en dessous de mon lit, pour que personne ne me trouve.)

** C'est impossible qu'elle oublie ça. Une chance que ça ne puait pas...

11 octobre. (Dans mon lit, en dessous de mes couvertures)

:(Maman ne m'a pas cru ce matin quand je lui ai dit que je ne me sentais pas bien. J'ai dû ~~allé~~ aller à l'école. Elle ne comprend pas que j'aime mieux mourir que de faire rire de moi?????????????

** C'est sûr que Justine m'a entendu, parce qu'elle ne me regardait pas comme d'habitude aujourd'hui. Et moi, j'avais de la misère à la regarder, car j'étais trop gêné...

Elle me regardait comme si... comme si, ben, j'étais un lâcheux de pets............ Ma vie est finie. Je ne veux plus jamais la revoir...

14 octobre. (Près de la clôture, à l'entrée de la cour)
J'ai vu Kevin parler avec Justine à la récré. Il lui parle souvent, lui.

26 octobre. (Je flâne dans mon lit pendant environ dix-quinze minutes)

On s'est levés ce matin et il pleuvait. Mais il fait tellement froid qu'on dirait que c'est de la neige.

PAS QUESTION

de passer ~~l'Halloween~~ l'Halloween dans mon costume. Je suis supposé être un surfeur. Et puis, un surfeur, ben, c'est toujours en short et en t-shirt avec sa planche à surfer...

Je crois que je vais me déguiser en snowboarder à la place... Je vais moins geler... et puis, ils sont cool aussi, les snowboarders... ce sont comme des surfeurs, mais sur la neige, non?

— — — — — — —

31 octobre. Devant la maison (photo traditionnelle de nos déguisements...).

Il ne faisait pas si froid que ça, mais je suis content de mon déguisement d'Harry Potter.

** Ce n'est pas très original, puisque j'ai vu plein de monde déguisé comme moi, en Harry Potter, ou en Hermione, ou en l'autre, là, le roux, **AH OUI:** Ron Weasley...

J'aurais peut-être dû me déguiser en **Chewbacca****... J'ai mis mes survêtements de ski en dessous de mon costume {bonne idée, maman...}.

** Chewbacca, c'est le gros singe dans S T A R W A R S... ** Ma mère était déguisée en sorcière.

SANS COMMENTAIRE...

Mon cousin Joje s'est déguisé en cheeseburger. Et son frère, en hot-dog. Mais c'est normal, il aime ça, la saucisse!! Il en mange minimum trois quand il vient à la maison (et que papa en fait, évidemment!!).

P.-S.: ** J'ai ramassé un gros sac vert plein de bonbons! **Trop COOOOL.**

Les jumeaux, eux, n'ont pas ramassé grand-chose, et ils ont commencé à chialer après quinze minutes... On ne peut jamais rien faire d'intéressant avec eux.

Ils m'énervent **solide**...

Je vais en cacher (des bonbons) dans ma chambre, parce que ma mère les met dans une armoire, mais on dirait qu'après quelques jours, ils ~~disparaisses~~ disparaissent... BIZARRE.

Je sais que mon père aime manger des bonbons le soir dans son lit en regardant la télévision, et ma mère devient cramoisie (** nouveau mot que j'ai appris, ça veut dire qu'elle est rouge de colère).

L'autre jour, quand je suis allé au bureau de papa, j'ai vu un bol de bonbons sur son bureau. Ils ressemblaient à mes bonbons ~~d'Halloween~~ d'Halloween. Quand j'ai demandé à sa secrétaire d'où ils venaient, elle m'a répondu que c'est lui qui les avait apportés. DOUBLE BIZARRE!

** En passant, Justine s'est déguisée en chatte, mais je ne l'ai pas vue... C'est Max qui me l'a dit...
** Il l'a croisée dans la rue pendant qu'il passait l'Halloween. CHANCEUX.

6 novembre. (** Sur mon lit, en pénitence parce que j'ai trempé la brosse à dents de Mémé dans du jus de citron... Pas grand monde qui a le sens de l'humour, dans cette famille...)

Il a **NEIGÉ/PLU** toute la journée et il fait froid... On n'a pas pu jouer dehors. En plus, c'est vraiment humide et ça transperce le corps...

J'ai niaisé Mémé et ses amies ce midi. Elle l'a dit à maman et là, ben, je suis puni pour la soirée... Je ne peux pas y croire! La parole de ma sœur contre la mienne, et ma mère a choisi de la croire, elle?

Ooh... que j'ai hâte d'être le premier premier ministre de mon pays!!! Faut juste que je trouve un nom...

- **Zombieland**
- **Cool planète**
- **Lololand**

P.-S.: ** Je devrais en parler à mon cousin Joje, il a toujours de bonnes idées, lui... On dirait que tous les noms sont, genre, déjà pris, non??

C'est vraiment pas juste... Je pense que ma mère a pitié de Mémé parce qu'elle n'a plus de mère... Mais je ne peux pas lui dire ça, car je vais vraiment me mettre dans le trouble... et, à bien y penser, ce n'est pas très gentil... ça ne doit pas être le fun de ne plus avoir de mère...

Au moins, j'ai remporté une petite victoire, et je me couche maintenant à 20 h 30 **(mais j'étire jusqu'à 20 h 45 en chialant que je ne suis pas fatigué)**.

FULL COOL!!

PAS RAPPORT: Justine parle souvent à Kevin. Ça doit être parce qu'il est plus vieux.
** Il a doublé sa quatrième, et c'est plus «cool» de se tenir avec des plus vieux. Moi, je ne trouve pas ça cool du tout... C'est full loser de doubler une année. En tout cas, ça ne me dérange pas si Justine parle plus à Kevin qu'à moi. Les filles sont toutes

POCHES.

** Mais j'aimerais quand même ça lui parler...

9 novembre. (Cour d'école, en face de la poubelle en métal – celle suspendue à la clôture, où tout le monde colle de la gomme à mâcher... dégueu...)

Kevin a lancé une balle de glace en plein dans le visage de William aujourd'hui. C'était pas drôle, mais c'était drôle. Il saignait du nez et a dû se rendre à l'infirmerie.

Justine ne riait pas du tout... Moi, j'ai ri. Y avait beaucoup de sang. Sur son foulard aussi... Sa mère va sûrement être fâchée, parce que ça a l'air que son ~~foulart~~ foulard est en cachemire ou je ne sais pas trop quoi, ON S'EN FOUT... La surveillante n'a rien vu, comme d'habitude. Elle est vraiment aveugle, celle-là, on peut lui passer à peu près n'importe quoi sous les yeux. Elle ne voit jamais rien... COOOL.

＊＊ William, lui, a pleuré... gros bébé.

P.-S.: ** Joje me dit qu'à son école, ils ont aussi une surveillante aveugle… En plus, elle a environ 90 ans… **OK, pas tant que** ça, mais elle est vieille, ça a l'air.

** Elle devrait porter de meilleures lunettes. (Je parle de notre surveillante, pas de celle de Joje.)

14 novembre. ** Je flâne dans mon lit – mais Tutu vient me déranger. *&?%$$#@# 😟 😕 😟

On s'en va en ski toute la famille et Mémé chiale, comme d'habitude. Elle veut rester avec Simon, mais mon père veut qu'elle prenne l'air…

Moi, j'aimerais ça, genre, qu'elle prenne l'air plus souvent **(ET PLUS LONGTEMPS)** quand je suis à la maison, si tu vois ce que je veux dire…

J'ai trouvé son journal intime dans sa chambre, et j'en ai lu des extraits…

Elle raconte seulement ses chicanes avec ses amies. Quelle perte de temps! Je n'en reviens pas de l'énergie qu'elle ~~dépense~~ dépense à écrire toutes ces conneries. Moi, au moins, je raconte mes histoires... même si ce n'est pas vraiment un journal intime, ce journal... C'est plus comme un carnet... intime (?!?!).

En plus, Mémé trouve NICOLAS Beauchamp cute. Je pense le dire à Simon. C'est son meilleur ami... C'est un service que je lui rendrais. C'est injuste que Simon ne le sache pas. Je pense vraiment que je devrais le lui dire. Entre gars, il faut se tenir, sinon on va perdre nos... nos... on va, ben, perdre la face. *TIENS.*

P.-S.: ** Je suis excité d'aller skier, parce que mes cousins vont être là aussi. J'adore skier avec Joje, parce qu'on va toujours dans les sous-bois... même si nos parents ne veulent pas!!

6 décembre. ** **Dans ma chambre, assis à mon bureau...**
Je suis un peu troublé par ce que madame Manon nous
a raconté en classe. Je le savais déjà,
mais quand même...

On a parlé de la tuerie de Polytechnique,
qui a eu lieu le 6 décembre 1989. Y a un fou,

qui est entré et qui a tiré sur toutes
les filles. Il en a tué quatorze. Ma mère m'a dit
qu'elle était allée à l'école avec une d'entre elles.

Elle s'appelait Anne-Marie Edward et elle était
vraiment super fine, et surtout très intelligente**.

** {C'est sûr, pour aller à la Poly-
technique, faut être très intelligent.}

Même si elle était plus vieille que ma mère d'un an, elles étaient amies... Ce n'est pas vraiment cool, ça... Y en a plein, de fous, sur la planète, et c'est pire aux États-Unis, car, dans certains États, les gens ont le droit de porter une arme sur eux. Il suffit qu'un malade ait une mauvaise journée et **BOUM!** Il fait sauter tout le monde sur son chemin.

C'est ce qui est arrivé à des enfants au Connecticut. On en a parlé en classe, car il y a eu beaucoup de morts cette journée-là. Et ils avaient seulement six et sept ans... C'est encore plus jeune que @#$%?& et Lulu... C'est très dérangeant...

J'aimerais empêcher la violence dans le monde lorsque je serai plus vieux. En plus de mon vrai travail.

P.-S.: ** Dans mon futur pays, je vais abolir la violence envers les gens. Je ne sais pas comment je vais faire, mais je vais le faire... Faut juste que je lui trouve un nom...

- **Pays de la paix** (hmm, pas sûr).
- **Pays sans violence** (hiiii, vraiment poche).
- **À bas les armes!** (Je pense que je vais me coucher, car je n'ai vraiment pas la tête à ça...)

○ ‿ 𝇈 ⌒ ⌒ 𝇈

10 décembre. ** (Dans le gymnase, parce qu'il pleut dehors... vive le réchauffement de la planète.) Mémé m'a écœuré aujourd'hui... Pendant que je jouais avec mes amis, elle est passée avec ses amis et Simon, et Nicolas.

Mémé: Salut, p'tit con.
Moi: Salut, grosse conne.
Mémé: As-tu encore de la peine parce que Justine ne te parle pas? (Vers mes amis.) Il pleure tout le temps dans sa chambre.

POUR MOI-MÊME: Heille, comment elle sait ça, elle???

[OUCH!!!!] ~~Touts~~ Tous mes amis m'ont regardé comme si j'étais un extraterrestre... Il fallait agir vite.

Moi: Non, je pleure tout le temps de rire à cause des histoires dans ton journal intime, que j'ai lu tellement souvent que je le connais par cœur. **(VERS NICOLAS.)** Elle te trouve BEN plus cute que Simon.

A W K W A R D!!

10 à 0 pour moi!!!!

Si t'avais vu la mâchoire de ma sœur tomber au sol...

** ET CELLE DE SIMON...
** ET CELLE DE NICOLAS...
** ET CELLE DE TOUS LES AMIS DE MÉMÉ...

C'est à ce moment que j'ai appris que Nana, la meilleure amie de Mémé, sort avec Nicolas. J'aurais voulu être là quand ma sœur s'est retrouvée seule avec Nana quelques minutes plus tard...

P.-S.: ** Pas grave, je le lirai dans son journal dans quelques jours. Héhé.

** Là, maman est tellement fâchée que je vais sûrement être en pénitence tous les soirs, cette semaine...

10 à 0 pour Mémé... ☹

(On est dans la cuisine... le soir)

Ma mère: Comment tu sais ça, toi?

Moi: Ben, je l'ai lu dans son journal.

Ma mère: INTIME! Sais-tu ce que ça veut dire??

Moi: ...

Ma mère: Réponds-moi quand je te parle!!!!

Moi: Ouain, genre...

Ma mère: Non seulement t'as pas d'affaire à lire son journal, mais t'as pas d'affaire à fouiller dans sa chambre.

Moi: Ben, elle aussi, elle entre dans ma chambre sans ma permission!

Ma mère: Je lui en parlerai.

Moi: Tu devrais la chicaner, elle aussi.

Ma mère: Ne me parle pas comme ça, compris? Monte réfléchir dans ta chambre tout de suite. Tu ne redescendras que pour le souper!!

Moi: OK...

Je me suis senti **full loser** (** mais pas full coupable!). En plus, Mémé écoutait, et les jumeaux aussi – j'en suis certain**...

** Mon p'tit frère a sûrement hérité des pouvoirs magiques de ma mère:

- **il voit tout;**
- **il entend tout;**
- **il est partout;**
- **c'est vraiment «freakant».**

Ma petite Lulu est venue me porter sa doudou pour me réconforter. Elle est quand même fine... Elle vient toujours me porter des affaires quand je suis en pénitence...

P.-S.: ** **CE QUE J'AIME LE PLUS, C'EST QUAND ELLE M'APPORTE DE LA BOUFFE, PARCE QUE, À PART ÉCRIRE, JE NE PEUX PAS FAIRE GRAND-CHOSE DANS MA CHAMBRE, EN PÉNITENCE...** je connais déjà tous les petits défauts de peinture sur mes murs...

11 décembre. (Dans le couloir pour se rendre au gymnase... Il y a une poubelle en plastique noir au fond. ** C'est important dans mon histoire.)

Je suis peut-être un petit con aux yeux de certaines personnes (i.e.: **Mémé**), mais il y a des choses que je n'aime pas dans la vie. Comme la méchanceté de certaines personnes envers certaines autres personnes.

EXEMPLE: des jeunes qui ne sont pas fins avec les personnes âgées, ou quelque chose du genre...

VOICI L'HISTOIRE...

Aujourd'hui, Kevin + con n° 1 + con n° 2 + con n° 3 ~~est~~ sont venus écœurer William. Jusque-là, pas de problème. (On est habitués...)

Il le fait toujours et c'est drôle. Tout le monde rit (**même moi**), même si c'est pas gentil... Mais là, le gros avait besoin de sa pompe {il est ~~kostra asthmatiq~~ asthmatique} et Kevin la lui a volée... ça, ~~s'est~~ (cela est...) c'est moins drôle.

Mon petit frère aussi est asthmatique, et quand y'a besoin de sa pompe, y'a besoin de sa pompe... J'ai suivi Kevin et sa gang (sans me faire voir...), et j'ai ramassé la pompe qu'il avait ~~jeter~~ jetée à la poubelle (celle au fond du couloir: voir début 11 décembre, je l'avais dit que cette poubelle était importante dans mon histoire.

J'ai couru vers William, qui s'en allait à l'infirmerie, et je lui ai remis sa pompe. Il a tout de suite pris une **PUFF** (je ne sais pas comment le dire en français - on appelle ça comme ça chez nous; même mes parents le font). Quand il a repris ~~ces~~ ~~s'est~~ ses esprits, il m'a dit:

William: Merci, Lolo.
Moi: De rien. **(LONGUE PAUSE)** Tu sais, Kevin est vraiment loser.
William: Ah oui? Pourtant, tu ris toujours quand il me niaise.

(Euh, méga malaise de mon bord...)

MOI: EUH...

William: Merci quand même. T'es cool.

J'ai regardé William s'éloigner dans le couloir, et je me suis promis que je ne rirais plus jamais quand Kevin l'écœurerait. Juste parce que ce n'est pas drôle. Ni pour lui, ni pour personne.

Faut arrêter ça.

C'est genre de **L'INTIMIDATION**, ça. Madame Manon nous en a reparlé en classe (en tout cas, je crois ** mais je n'écoute pas toujours à 100 %), et il faut la

DÉNONCER

et non l'encourager. Parce que ça peut mal finir...

P.-S.: ** Moi, j'ai quand même le droit de le faire à Mémé... Parce que c'est ma sœur, alors les règles ne s'appliquent plus. Pas de la même façon, en tout cas. Faut juste que ma mère ne le sache pas, sinon je suis fait...

BEN RAIDE. ********

P.-P.-S.: ** À l'école de Joje aussi, il y a de l'intimidation, mais mon cousin, lui, il ne se fait pas écœurer, parce qu'il est tellement bâti que tout le monde a peur de lui... Mais il n'intimide personne, il est **FULL FIN** avec tout le monde!!!!

MAIS LÀ, Y A AUTRE CHOSE DANS MON HISTOIRE.

(** On est encore dans le couloir, près de la poubelle, parce que je n'ai pas encore bougé.)

Quelque chose d'assez intéressant... De très intéressant, même.

Quand je me suis retourné pour aller rejoindre Max et Benjamin (t'sais, là, après avoir donné la pompe à William)... Devine qui était là???

JUSTINE!!!

Elle a TOUT vu et TOUT entendu.

Moi: ...

Elle: (Gros sourire.)

Moi: ... (Rouge comme une tomate couleur camion de pompier, c'est le cas de le dire... Et j'ai remarqué une craque dans le plancher ** parce que je regardais juste par terre, parce que j'étais, genre, un peu gêné.)

Elle (s'avance vers moi): T'es gentil d'avoir fait ça.

Moi (hausse les épaules): ...

Elle: T'es pas con comme Kevin...

Moi: ...

P.-S.: ** Je m'entends avaler ma salive...

Elle: (Se penche et me donne un bec sur la joue.)

OH YESSSSSS!!!!!

Moi: (Rouge comme deux tomates.)

Elle: (Me regarde et s'en va.)

Moi: ....

Je sais que le **11 novembre** est le jour du Souvenir, mais moi, c'est du **11 décembre** que je vais me souvenir. C'est sûr que je vais bien dormir, même si je suis en pénitence parce que j'ai tapé @#$%?&. **Il le méritait.** (Mais, aujourd'hui, on dirait que ça ne me dérange pas...)

Il m'a dérangé pendant ma partie de Skylanders........ auquel je n'ai pas le droit de jouer la semaine...
DEUX PUNITIONS.

---

20 décembre. (Dans ma chambre, sur mon lit. Ma porte est fermée, mais je ne peux pas la barrer, parce que, si je le pouvais...)

** Je suis en pénitence parce que ma mère m'a trouvé en train de fouiller dans la chambre de Mémé... (Mais j'avais eu le temps de lire son journal, héhé!)

Pas eu grand temps dans les dernières semaines, parce c'était les examens. Justine et moi, on se parle et on se fait des sourires en classe... C'est coooooool.

Kevin est loooooser... :) Looooser avec un...

GROS L MAJUSCULE DANS LE FRONT.

‘ ‘ ‘ ‘ ‘ — ‘ ‘ ‘

22 décembre. (Dans la classe: c'est un peu la frénésie, parce qu'on sera en vacances de Noël tantôt)

On échange des cadeaux en classe. Madame Manon nous a fait des sacs à surprises. Cool. La mère de Max a fait des petits CUPCAKES pour la classe, et la mienne a fait des biscuits de Noël... Elle est le fun, ma mère... *EUH, SEULEMENT QUAND ELLE NE ME CHICANE PAS...*

À la récré, Justine vient me parler...

Justine: Salut.
Moi: Salut.
Justine: Qu'est-ce que tu fais pendant les vacances?
Moi: Je m'en vais en Floride avec ma famille, chez mes grands-parents.

71

{** Nous autres, ça ne nous coûte pas cher, y aller; on ne paie pas les billets d'avion au plein tarif, parce que ma mère travaille pour une compagnie qui travaille avec une compagnie d'aviation, alors elle a de bons prix... c'est quand même cool...}

Justine: Cool.
Moi: Toi?

{Je suis moins gêné maintenant, et je suis capable d'avoir l'air semi-intelligent quand je lui parle...}

Justine: On va fêter...

Elle n'a pas encore fini sa phrase que je sens une main sur mon épaule. Je me retourne. C'est Kevin + c n° 1 + c n° 2 + c n° 3 plantés derrière lui, les bras croisés. Il fait la face qu'il a d'habitude avant de sauter sur William... Oh! Oh!... ça ~~sous~~ ~~s'en~~ sent le trouble...

Kevin: Laisse-la tranquille...
Moi: Euh...
Kevin: C'est quoi, tu te trouves bon pis tu joues sur mon territoire?
Moi: Euh...

P.-S.: ** Oh que j'aimerais ça que Joje soit ici en ce moment, il pourrait lui casser la gu... Ben, il pourrait lui dire d'arrêter. Je suis sûr que Kevin partirait tout de suite...

Justine: Laisse-le tranquille.

Kevin: Toi, mêle-toi de tes affaires...

Moi: ... ** Je ne parle pas et je suis certain que j'ai l'air:

- épais;
- retardé;
- niaiseux;
- imbécile;
- con;
- retardé (oups, je l'ai déjà dit...);

Kevin: Coudonc, as-tu perdu ta langue ou quoi?

Moi: Euh...

{Je tente de faire «*NON*» de la tête, mais je suis figé ben raide, je pense juste au poing de Kevin atterrissant à une vitesse folle sur ma joue gauche, euh, non, droite, car il est droitier... Hum, à bien y penser, si Kevin est droitier, son poing va arriver de mon côté gauche. ARGH, peu importe, d'un bord ou de l'autre, ça va faire mal en titi, ça, c'est sûr...}

Kevin: euh, euh, euh... maudit retardé mental...

{IL FAIT UN GESTE AVEC SA MAIN ET JE RECULE DE PEUR. OK. MAINTENANT, JE COMPRENDS C'EST QUOI, L'INTIMIDATION, ET CE N'EST VRAIMENT PAS AGRÉABLE... ** ENCORE MOINS DEVANT JUSTINE.}

Moi: ...

Kevin: OUUUUUUH, t'es ben peureux?

Moi: ...

P.-S.: ** Décidément, y a **RIEN** qui sort... Pourtant, quand je me chicane avec Mémé, ça sort toujours vite. Mais là, rien. Le néant total. Non seulement je suis loser, mais il a raison, j'ai l'air d'un attardé...

Kevin: Quoi? Ta maman n'est pas ici pour changer ta 'tite couche?   (La ~~gagne~~ gang de Kevin rit.)

Moi: ...

{Je suis tellement looooser, je capote, mais je n'y peux rien. Il est mieux de se dépêcher à me frapper, parce que, si ça continue, c'est pas des farces, je pense que je vais faire dans mes culottes, pis là, ça sera VRAIMENT pas drôle... très gênant, même. Pire qu'un p'tit pet en classe...}

P.-S.: ** Il me semble que Justine pourrait dire quelque chose, non?? D'habitude, elles sont toutes baveuses, les filles. Pourquoi elle ne dit rien?

Kevin: Heille?? Jte parle???
Moi: Laisse-moi tranquille. Imbécile.

P.-S.: ** ENFIN, ÇA SORT... MAIS, EN VOYANT LA FACE DE KEVIN, JE SAIS QUE ÇA N'AURAIT PAS DÛ...

OH! OH!... J'ai vu la colère monter dans les yeux de Kevin quand il a levé la main pour me frapper dans la face. Je me suis fermé les yeux en pensant que ça me ferait moins mal si je ne voyais rien. Quand j'entends PAF!!! (mais que je ne sens rien??), j'ouvre les yeux.

KEVIN EST AU SOL. IL A L'AIR SONNÉ.

Moi: ????? (Confusion totale, je ne sais pas ce qui vient de se passer...)

ET LÀ JE VOIS WILLIAM!!!

Il se tient droit devant Kevin, le ~~point~~ poing encore fermé.

Moi: ... (** Je ne le dis pas trop, mais mes jambes tremblent tellement que je manque de tomber par terre.)

Kevin: 🙁 🙁 🙁

Justine: ...

TOUT LE MONDE: ...

Moi: ....

William (à KEVIN): Tu l'écœures encore une fois pis ça va te prendre un dentier. Compris?

Kevin: ...**

** Se tâte la mâchoire. Il saigne de la lèvre et est humilié. Toute l'école est là, on dirait... ben, au moins la moitié.

OK, OK, peut-être pas la moitié de l'école, mais il y a beaucoup de monde. JURÉ... comme vingt personnes...

William (rouge de colère): Heille, le retardé mental?? Jte parle???

Moi: (Dans ma tête – cool, il répète les mots que Kevin vient de me dire.)

Kevin (ne dit rien, mais fait «**OUI**» de la tête): ...

TOUT LE MONDE: ...

William: J'espère qu'on se comprend.

(Le poing de William est encore fermé, ~~près~~ prêt à attaquer de nouveau.)

William (se tournant vers moi): ça va?
Moi: ...

（Je fais «OUI» de la tête...
Honnêtement, j'ai mal à la mâchoire pour
Kevin... William l'a vraiment frappé fort... mais
je ne le défends pas, c'est tant pis pour lui...）

Mais là, madame Diane, la surveillante non voyante
soudainement devenue voyante, arrive:

Mme D.: Mais qu'est-ce qui s'est passé?
Kevin (en montrant William): Je ne lui ai rien
fait et il m'a frappé!!
Mme D.: Est-ce vrai, William?

P.-S.: ****** En fait, c'est faux mais vrai. Kevin ne lui a rien fait **AUJOURD'HUI**, mais je pense que le coup était devenu inévitable depuis long-temps... Donc, Kevin ne ment pas **RÉELLEMENT**...

Puisque William l'a fait pour me défendre, je n'ai pas le choix de répondre...

Moi: Non, c'est moi qui ai commencé.
William: Non, c'est vraiment moi.

Je fronce les sourcils et je me retourne vers William pour dire:

«Mais qu'est-ce que tu racontes là, toi?»

Mais, avant que je ne puisse réagir **(ÇA M'ARRIVE TROP SOUVENT CES TEMPS-CI)**, Justine s'avance...

Justine: Non, c'est moi.

Et là, l'un après l'autre, chaque étudiant s'avance pour venir à notre ~~défense~~ défense...

Max: Non, c'est moi.
Benjamin: Non, c'est moi.

Vanessa: Non, c'est moi.

Chloé C.: Non, c'est moi.

Sabrina: Non, c'est moi.

Tommy (!!!!): Non, c'est moi.

Euh, je ne me souviens plus de son nom (Y'est nouveau, c'est un grand maigre, qui porte toujours une casquette rouge, pas rapport)...

En tout cas, lui: Non, c'est moi.

FUUUUUL COOOOOOL!!!! Comme une scène de film!!! (Même con n° 2 a le goût de défendre William... mais il se retient, parce que je pense que Kevin ne le lui pardonnerait jamais...)

Et là, madame Diane regarde partout et elle ne comprend pas vraiment. Ensuite, elle ~~prent~~ prend Kevin par le bras.

Mme D.: Tu t'en vas directement au bureau de madame Sylvie.

Kevin: Pis lui? (En montrant William.)

Mme D.: Toi aussi, William!

Je veux m'avancer, mais William me bloque le chemin. Il me regarde et il dit:

William: C'est beau.
Moi: ???????
William: Ça faisait longtemps que j'attendais ce moment.

Il me fait un clin d'œil et part en riant!!!

Moi: ...
Moi: ... (Vers Max, haussant les épaules.)
Moi: ... (Vers Justine, haussant les épaules.)
Justine: ... (Vers moi, haussant les épaules.)
Moi: ... (Vers... personne...)
Max: ... (Il hausse les épaules lui aussi.)

On se regarde tous et on retourne dans notre classe sans rien dire...

Je ne revois pas William
de la journée. Ni Kevin.

Et là, ben, ce sont les vacances pour deux semaines... Poche.

En arrivant à la maison, je demande à ma mère de me donner ~~L'annuaire L'anulai~~ ARGH... le bottin de l'école.

Ma mère: Pourquoi?
Moi: J'ai besoin d'un numéro de téléphone.
Ma mère: Celui de qui?
Moi: De personne.
Ma mère: De personne?

* * J'admets que ça n'a aucun sens, mais je n'ai pas le goût de lui dire de qui... **EXACTEMENT**.

Moi: Ben... de quelqu'un.
Ma mère (les deux mains sur les hanches): Quelqu'un qui?

Argh! Elle est donc ben gossante, elle, aujourd'hui.

** (Note à moi-même: dans mon nouveau pays, les enfants auront le droit de garder des secrets à l'abri de leurs parents... et les mères n'auront pas le droit d'être des sorcières, OH QUE NON! Aucun pouvoir magique passé dix-huit ans!)

Ce n'est pas de ses affaires, je ne le lui dirai donc pas.

POINT FINAL.

(LONGUE PAUSE.)

Sauf que là, elle me regarde avec ses yeux de sorcière. Je suis mieux de le lui dire, car, de toute façon, elle va trouver le moyen de découvrir c'est qui, le quelqu'un...

Moi: William Tremblay.
Ma mère: (Gros «?» dans son visage **.)
** Le ? peut avoir deux raisons:
    1) Elle ne connaît pas William.
    2) Elle le connaît (ça m'étonnerait), mais elle ne sait pas pourquoi je voudrais lui parler.

Ma mère: En quel honneur?
Moi: Mom, s'il te plaît, j'ai besoin de son numéro pour l'appeler. Pis, en plus, j'ai bien le droit de l'appeler si je veux?
Ma mère: Pour lui dire quoi?

P.-S.: ** J'hésite, mais, comme c'est pour une «**BONNE CAUSE**», je n'ai pas à m'inquiéter des conséquences...

Moi: Je veux le remercier pour aujourd'hui.

Ma mère me fixe quelques secondes, et je sens qu'elle me croit. De toute façon, c'est vrai. Elle sort et revient quelques minutes plus tard avec ~~l'anut~~ ~~l'anut~~ ARGH... le bottin.

Dix minutes plus tard... (** Je suis dans le sous-sol et j'ai les mains moites.)

Madame Tremblay: Oui allô?
Moi: Bonjour, est-ce que je pourrais parler à William Tremblay, s'il vous plaît**?

** Sérieux, j'ai-tu vraiment dit Tremblay?? ÉPAIS!

Madame Tremblay: Il n'est pas encore arrivé.

{Gros frisson le long de ma colonne vertébrale.}

Moi: Ah non? Est-ce normal?

Madame Tremblay: Non, mais je suis certaine qu'il ne tardera pas...

Moi: ...

Madame Tremblay: Qui parle?

Moi: Euh... c'est... personne...

P.-S.: ** (À moi-même: **DOUBLE ÉPAIS!**)

Moi: Euh... je rappellerai plus tard... Merci.

J'ai raccroché tellement vite qu'elle n'a pas eu le temps de parler. J'aurais peut-être dû lui raconter ce qui s'est passé, mais ce n'est pas à moi de le faire.

Peut-être que William ne veut pas en parler à sa mère?

Hum... à bien y penser, c'est sûr que l'école va appeler madame Tremblay. J'aurais dû lui donner ma version des faits, pour que William ne soit pas dans le trouble avec ses parents. Ils ne sont pas souvent là, ils sont toujours partis en voyage, mais quand même...

En me couchant, j'espère vraiment que William
est correct et que Kevin + c n° 1 + c n° 2 +
c n° 3 ne sont pas passés dessus...

Beaucoup plus tard dans la soirée... vers 22 h 22
(je fais un vœu... – je fais toujours un vœu quand
les chiffres sur le réveil sont pareils...)

*** C'EST VRAIMENT POCHE DE NE PAS
SAVOIR** il est où, William, ou s'il va bien...

---

29 décembre. ** Sur la plage EN FLORIDE – les
jumeaux font un château de sable et ils capotent *SOLIDE*.
C'est correct.

On est en Floride (en passant, il
ne fait pas si chaud) depuis trois jours et
je ne cesse de penser à William. J'ai envoyé un
courriel à Max aujourd'hui:

À: max3875@(secret!!).com

De: lolo4428@(secret!!).com

Salut Max,

Pis, as-tu des nouvelles de William ou des autres?

Lolo

À: lolo4428@(secret!!).com

De: max3875@(secret!!).com

Salut Lolo,

Non, je suis pris dans des partys de famille. Toi?
(En passant, mon oncle François était encore saoul
l'autre fois et il s'est ouvert le front en déboulant
les escaliers chez nous. Full sang... *GÉNIAL!!!!*)

Max

Plus tard, dans la même journée...

J'espère que William va bien. Quand je le verrai
en rentrant, je lui dirai merci. Hum, plus gros...
Merci. (C'est mieux!)

Il m'a genre sauvé la vie...

Y'est **vraiment pas** looooser.........

P.-S.: ** J'en ai parlé avec mon cousin Joje, et il
m'a dit qu'il n'aurait pas frappé Kevin parce qu'il
n'aime pas la bagarre... Je te l'avais dit, han?

Et puis, ben, il n'est pas si gros que ça, William, dans le fond. ** On s'y fait, à sa grosseur.
Sérieux, plus je le regarde, moins je le trouve gros!!

P.-S.: ** Il est, genre, juste **TRÈS ROND**... Non, **RONDELET**... tiens, c'est plus poli...

P.-P.-S.: ** Je vais demander à maman de lui préparer des **BROWNIES AU CARAMEL**, il va être content. Il aime ça, le sucre, pas à peu près! Il prend toujours deux desserts à la café... sauf quand ~~ces soit~~ c'est du pudding chômeur. Y'en mange **TROIS!!!!!**

— — — — — — — — —

31 décembre. ** Dans la mer – pas trop longtemps, parce que l'eau est gelée...

Je me suis baigné toute la journée (pas vrai – juste pendant quarante-cinq minutes) dans la mer avec Joje... Il est ici aussi, avec sa famille... C'est ~~toute~~ full cool...

P.-S.: ** J'espère que William passe
de belles vacances.

1er janvier. **Nos parents dorment encore, même s'il est 9 h 58. Je pense qu'ils se sont couchés tard... J'ai faim. Je vais réveiller maman à 10 h.

Il pleut. **BORING** (plate). On ne fait rien de la journée... Maman et ma tante ont un gros mal de tête...

Ça m'achale.

Je me demande si Kevin va se calmer...

3 janvier. (Sur le sofa du salon du condo)

Il pleut... **ENCORE**. On est allés au cinéma. Film TRRRRRRRRÈS plate... Une animation, pour faire plaisir aux jumeaux. Y avait rien d'autre. Au moins, le popcorn était bon... mais un peu trop salé.

Je me demande...

William partait-il en voyage pendant les vacances?

(Plus tard, après réflexion.)

Ça doit, il est toujours parti quelque part, lui...

J'ai parlé à Joje de mon projet de pays. Il trouve
ça très cool et il veut m'aider à trouver un nom.

 ## VOICI DONC DES PROPOSITIONS DE NOMS:

- **Zombieland** (Je me répète, mais c'est parce
que là, on fait une liste officielle. Et c'est
la mode, en ce moment, les zombies.)
- **Sans règles** (L'idée de Joje, mais j'aime
pas vraiment ça...)
- **Full Cool** (Pas mal, ça.)
- **C'est la fête!** (Hmm... va falloir travailler
quand même, sinon ça va être plate, de ne
jamais rien faire...)

On devrait prendre des syllabes de nos noms
et inventer un mot... (**EXCELLENTE IDÉE!!!**)

Joje n'est pas trop d'accord. (Tant pis!) C'est mon idée, mon
pays, c'est moi qui décide...

Il suggère aussi de faire une charte de lois. On va
faire ça quand on aura le nom du pays, me semble
que ça va être plus facile.

P.-S.: ** Joje n'est pas vraiment d'accord avec moi là-dessus non plus, il veut faire la charte même si on n'a pas de nom... Il commence à me taper sur les nerfs. Il veut toujours décider de tout. (J'ai un peu hâte que les vacances finissent.)

** **Comme je suis le président-premier ministre, c'est moi qui décide...**

P.-P.-S.: ** Il n'a peut-être pas tort... On verra...

4 janvier. (En sortant de l'avion, ou presque...)

On est revenus tard cette nuit (genre à une heure du matin! ** C'est ce qu'il faut pour que je me couche tard!). On est donc le **5 janvier**...

    ** Je me demande si je devrais rappeler chez William pour voir s'il a passé de belles vacances de Noël... Et aussi pour lui souhaiter une bonne année.

P.-S.: ** Bof, c'est pas nécessaire,
                     je vais le voir demain...

6 janvier. (Partout dans l'école, même dans les racoins où je ne vais jamais)

J'ai cherché William dès que je suis arrivé ce matin, mais je ne l'ai pas vu. Il n'est pas à l'école aujourd'hui. Kevin non plus...

J'ai décidé d'appeler chez William... plus tard, vers 16 h 01.

Madame Tremblay: Oui allô?
Moi: Bonjour, est-ce que je pourrais parler à William Tremblay, s'il vous plaît?

Sérieux??? Encore «Tremblay»????
NON MAIS, À QUOI JE PENSAIS??

Madame Tremblay: Oh, William ne va pas très bien. Qui parle?
Moi: Euh... c'est...

(clic) quelqu'un a décroché.

William (voix bizarre): Allô?
Madame Tremblay et moi: William?

William (voix bizarre): C'est correct, maman, tu peux raccrocher.

Madame Tremblay: Ne parle pas trop long-temps, mon chéri.

William (voix bizarre): **RACCROCHE!!!!**

(clic) on a raccroché.

William (voix biz): Allô?

Moi: Allô?

William (voix biz): Qui parle?

Moi: Allô William, c'est Lolo.

William (v.b.): Salut Lolo, comment ça va?

Moi ~~(v.b.)~~: Qu'est-ce qui se passe avec ta voix?

William (v.b.): Je fais une amygdalite... Je ne serai pas à l'école demain non plus.

Moi: Et mercredi?

William (v.b.): Ouain, sûrement.

Moi: Pauvre toi...

William (v.b.): Non, c'est super cool. Je peux juste manger de la crème glacée!

COOL!!!

Moi: ... Pis des bonbons, genre?
William: ???

Là, je me suis rendu compte que je venais de dire une connerie... Il ne peut pas manger de bonbons, juste de la crème glacée, parce qu'il a la gorge trop enflée!! (La crème glacée, c'est froid, alors c'est bon pour faire désenfler la gorge...)

Moi: ...
William: ...
Moi: Heille, ma sœur veut jouer avec moi.
William: ???
Moi: Faut que je te laisse. Salut!

Pis là, j'ai raccroché super vite. ZUT! J'ai oublié de le remercier pour l'autre fois. Je me demande s'il va s'en souvenir...

P.-S.: ** PLUS TARD
(autour de 21 h 08 – je viens de me coucher)

** C'est SÛR qu'il va s'en souvenir...

DEUX JOURS PLUS TARD...

Quand j'ai vu William (** Kevin n'est toujours pas là...), je suis allé le rejoindre à sa case.

P.-S.: ** Il était tout seul, comme d'habitude...

Moi (hum – gêné): Salut, William...
William (content): Salut, Lolo.
Moi: Ça va-tu mieux?
William: Un peu.
Moi: Écoute, je voulais te r...

MAX ARRIVE...

Max (à William): Salut, le gros.

(À MOI-MÊME: LE GROS?? DEPUIS QUAND IL L'APPELLE COMME ÇA EN PLEINE FACE?? ** D'HABITUDE, ON LE TRAITE DE GROS DANS SON DOS.)

Max (à moi): Qu'est-ce que tu fais avec lui?
Moi: Euh...

Là, j'ai vu le regard de William, et il semblait blessé... J'étais un peu mal à l'aise, mais je ne savais pas trop quoi dire... C'est lui qui a brisé le silence / malaise...

William (à Max): Inquiète-toi pas, Max, on se parlait pas, il te cherchait...

William et moi avons échangé un regard de plusieurs secondes avant que je m'en aille avec Max. J'étais mal, et j'ai eu un genre de nœud dans la gorge. Bizarre.

Je me suis senti mal toute la matinée...

Je n'ai pas arrêté de revoir le regard de William **(GENRE, DANS MA TÊTE)**. Il avait l'air vraiment triste que je parte avec Max. Mais Max est mon meilleur ami... Quand même... je ne pouvais rien faire.

P.-S.: ** En après-midi, madame Manon est venue me voir, à mon bureau...

Madame Manon: Charles-Olivier, ça va?

** Pas que j'aime pas mon nom, mais j'aime mieux me faire appeler LOLO.

Moi: Oui, pourquoi?

Madame Manon: Tu es un peu dans la lune, tu n'as pas l'air dans ton assiette.

Moi: ...

(SÉRIEUX, JE N'AI AUCUNE IDÉE DE CE QUE J'AURAIS DÛ RÉPONDRE, MOI. JE N'ÉTAIS QUAND MÊME PAS POUR LUI DIRE: OUI, JE SUIS DANS LA LUNE ET, NON, JE NE VOUS ÉCOUTE PAS!! IL AURAIT FALLU QUE JE SOIS IMBÉCILE EN TITI...)

Madame Manon: Comprends-tu bien le travail que tu dois remettre?

Moi: Oui, oui!

Et là, elle s'est adressée à toute la classe.

Madame Manon: Ne vous gênez pas pour poser des questions si quelque chose n'est pas clair!

P.-S.: ** Avec tout ça, je n'ai toujours pas remercié William, et ce n'est pas gentil.

Au lunch. À la café... on est tous assis à nos tables habituelles...

William, lui, est encore assis tout seul, et il mange son lunch. Il ne regarde personne, et personne ne le regarde. Comme d'habitude...

LE SOIR (VERS 19 H 27...)

Maman est entrée dans ma chambre pour me demander si tout allait bien...

Moi: Oui, pourquoi?

Maman: Je ne sais pas, tu n'as pas l'air dans ton assiette.

Moi: ...

Maman: Est-ce que quelque chose ne va pas à l'école?

AYOYE... MA MÈRE N'EST PAS JUSTE SORCIÈRE, ELLE EST AUSSI MAGICIENNE...

** Pour ma défense, je ne pensais pas que ça paraissait tant que ça. Mais je n'ai pas dit grand-chose au souper... De toute façon, c'est toujours Lulu qui placote le plus: elle ne raconte rien d'intéressant... même si elle est cute.

Moi: (Hausse les épaules.)

Maman: Est-ce que ça pourrait avoir un rapport avec William Tremblay?

COMMENT ELLE SAIT ÇA, ELLE?????

Moi: surpris

Elle ~~vient~~ vient ~~s'asseoir~~ s'asseoir à côté de moi.

Maman: Tu ne lui avais jamais parlé en cinq ans et tu l'as appelé avant les vacances. Tu l'as remercié pour quoi au juste?

Moi: Pour rien.

(HAUSSEMENT D'ÉPAULES – DE MA PART, PAS DE CELLE DE MA MÈRE.)

Maman: Lolo, si tu ne me parles pas, je ne peux pas t'aider avec ce qui ne va pas...

Elle a raison. Je lui ai donc tout dit: sauce à «spagatte» + pompe (asthme) + JUSTINE (elle a souri) + ben, euh, le coup de poing (bien mérité) dans la face de Kevin.

Maman: Est-elle jolie, Justine?

AWKWARD!!! No way que je parle de ça à ma MÈRE!

Moi: Après tout ce que je viens de te raconter, tu me parles de Justine?????????????????????

Maman: Bien, tu ne me dis jamais rien... Je suis contente d'apprendre que tu t'intéresses aux filles.

Moi: Euh... **TELLEMENT PAS!!!** On peut-tu se concentrer sur le reste, s'il te plaît???

Puis, elle m'a dit que je devrais donner une chance à William, que c'était peut-être sa façon de me dire qu'il voulait être mon ami, qu'il est peut-être super fin et drôle, *BLA, BLA, BLA...*

Moi: Ben, les autres vont dire quoi, genre, s'ils me voient avec lui?

Maman: Dis-toi que ceux qui se moquent de toi ne méritent pas ton amitié. Et, si Max ne comprend pas, bien c'est son problème. T'as qu'à lui expliquer...

{ *OUAIN...* }

Moi: Comment je dois faire?

@#$%?&: C'est pas compliqué.

Je sursaute, maman aussi. Tutu est dans le cadre de la porte de ma chambre... ~~MAUDIT!~~ (** Je te l'avais dit! Il est partout, lui... et il entend tout, comme ma mère.)

Moi: Heille! Qu'est-ce que tu fais là, toi?
@#$%?&: Rien... Ben... J'écoutais.

Et là, qui n'apparaît pas derrière lui? *LA QUEUE DE VACHE!* Ma sœur Lulu, qui éclate de rire.

Lulu: Moi aussiiiiiiiii!!!!! Jus-tiiiii-ne, Jus-tiiii-ne!

** Je veux la tuer... Euh, ben, pas pour de vrai, mais je suis vraiment ~~choquer~~ **choqué**, là...

Moi: Heille, arrête!!

Maman: On se calme, là. Les jumeaux, allez dans le salon pour attendre papa. Vous me le ~~dirai~~ direz, quand il arrivera.

ILS LUI OBÉISSENT SUR-LE-CHAMP. ** Je peux les comprendre. J'aurais fait pareil... Maman se retourne vers moi et me fait un clin d'œil. Elle enchaîne:

Maman: Ah, ça, il n'y a que toi qui peux le savoir. C'est certain que le bon moment va se présenter. C'est à toi de saisir l'occasion, comme William l'a fait l'autre jour...

BON POINT, madame la sorcière...

Le soir. (Vers 19 h 46, environ - oh, et maintenant 47.)

À: joje@(secret!!).com

De: lolo4428@(secret!!).com

Salut Joje,

Est-ce que tu penses que je devrais être ami avec William? Je veux dire: tu ferais quoi, à ma place?

Lolo

À: lolo4428@(secret!!).com

De: joje@(secret!!).com

C'est à toi de décider si tu veux être son ami ou non... Mais il faut quand même que tu le remercies, peu importe ce que tu choisis. Il a été fin avec toi. Non?

Moi, je pense que tu devrais lui dire merci, et tu verras pour le reste...

Joje

P.-S.: ** Il a raison. C'est sûr, il me donne toujours de bons conseils. C'est normal, il est plus vieux que moi...

C'est quand même beaucoup, huit mois, à notre âge. Ma mère me le dit toujours.

15 janvier. (En classe)

Kevin est revenu. Il était suspendu pour la semaine. Cooooool... Mais ça a l'air que, s'il recommence (AVEC WILLIAM OU UN AUTRE), il va se faire renvoyer de l'école. Madame la surveillante aveugle (pas aveugle, dans le fond) a finalement tout vu...

Moins cool pour lui, s'il doit quitter l'école... Mais trrrrrès cool pour nous, il ne mérite que ça!!! BON DÉBARRAS.

** Là, on est rendus à la cafétéria.

Je me suis assis à ma table, comme d'habitude, au bout (c'est du «spagatte» aujourd'hui, et tout le monde mange à la café, parce qu'il est méga bon, le «spagatte» de l'école!).

P.-S.: ** On l'appelle pas «spaghetti», parce qu'il est trop bon. Il faut l'appeler «spa-gatte». Je sais que ça n'a aucun sens, mais c'est comme ça... C'est, genre, accepté par toute l'école. SÉRIEUX. Je pense que ça fait partie

des règlements de l'école, d'appeler le
spaghetti «spagatte».

Là, William a marché dans ma direction
pour se rendre au fond, à sa table, comme
d'habitude. Mais là, à deux tables de moi (la
table de Kevin), Kevin s'est levé pour lui
bloquer le chemin. Con n° 1 + con n°2
+ con n° 3 ont fait pareil et se sont
plantés derrière lui, comme d'habitude.

{Tout le monde s'est retourné pour écouter
+ regarder = plus personne ne parlait +
tout le monde retenait son souffle.}

Je l'ai trouvé vraiment effronté, Kevin, de
continuer à écœurer William malgré les consignes de la
directrice...

William: Laisse-moi passer, s'il te plaît.

** Dans ce cas-ci, je ne pense pas
que j'aurais dit «s'il te plaît».

Kevin: Qu'est-ce que tu vas me faire? Han? Tu ne peux pas me frapper, t'as les deux mains pleines. En plus, si tu me frappes, tu vas te retrouver dans le bureau de madame Sylvie... Maudit gros tas.

** **Hiiiiiiiiiiiiii, c'est pas fin, ça.**

J'ai vu William baisser les yeux. On savait tous ce qui allait arriver... Kevin allait faire basculer son cabaret encore une fois...

** JE FULMINAIS DE RAGE. **

Sans même penser, je me suis levé et dirigé vers eux. J'ai pris le cabaret de William et j'ai dit...

Moi (à Kevin): Plus maintenant. (À William.) Fais ce que tu veux, William. Toute l'école est derrière toi, moi le premier...

AWKWARD...

** En passant, j'avais l'air vraiment confiant grâce à mon ton de voix – même si je tremblais en dedans... Je me trouve cool (pour une fois)... ☺

William était aussi surpris que Kevin, et que... ben... **MOI!!** (Et les 3 cons aussi; c'est sûr, ils font tout ce que Kevin fait...)

Je suis retourné à ma table avec le cabaret. Madame Diane est arrivée, mais William avait déjà commencé à me suivre. Au lieu d'aller déposer son cabaret à sa table habituelle, j'ai tassé le mien et je lui ai fait signe de s'asseoir à côté de moi.

William est resté planté devant ma table sans rien dire. Je lui ai fait un petit signe de tête pour l'inviter à s'asseoir...

William (hésitant): Es-tu sûr?
Moi: Pourquoi je ne serais pas sûr?
William: Ben, euh... je ne sais pas...
Moi: Ben, euh... assieds-toi.

Il était encore debout, hésitant à s'asseoir, peut-
être de peur que je ne le fasse marcher (??) - je
n'aurais jamais fait ça...

Sauf à Mémé. . .

Moi: Ben, euh... envoye! Assieds-toi... avant que
je mange ton «spagatte»!!!

Et là, tout le monde s'est mis à rire, parce qu'on
savait que William n'allait certainement pas me
laisser manger son assiette. Il aime bien trop
manger, celui-là!!

**** KEVIN M'A REGARDÉ AVEC
DES YEUX D'ENFER. LES 3 CONS, BEN, JE NE
LES AI PAS REGARDÉS... JE SUIS MIEUX DE
FAIRE ATTENTION DANS LES TOILETTES...
MAX M'A DIT QU'IL ME "SURVEILLERAIT"...
WILLIAM AUSSI! COOL... ****

** Je me suis retourné et Justine me regardait.
Elle m'a fait un gros sourire et je suis devenu
tout rouge... ~~Pis, ben, j'ai eu des bouffées d'émo-
tion partout. Y a juste les gars qui peuvent
comprendre... Anyway.~~ **

**Le soir: (on termine à peine de souper...
en famille, évidemment... Et Lulu nous a encore
raconté sa journée – plate – dans tous ses détails
– plates).**

Le téléphone sonne... Ça
doit encore être Simon... Mémé et lui ont
repris ensemble pour la centième fois...
**J'ai arrêté de compter, car ça change chaque jour, surtout
depuis qu'il sait qu'elle trouve Nicolas de son goût.**

Elle a aussi fait la paix avec Nana. Dans le fond,
c'est un compliment, qu'elle trouve son chum beau,
ça ne veut pas dire qu'elle veut sortir avec lui.

(Elle l'a écrit dans son journal intime
– j'étais rendu là quand je me suis fait
prendre par ma mère l'autre soir... – alors
je ne sais pas exactement comment ça s'est
terminé, mais ça doit être à peu près ça...)

Mémé prend trois pages pour expliquer une
petite affaire de deux secondes. Mais on a déjà
établi qu'elle avait beaucoup de temps à perdre.

JE SUIS SUR FACETIME AVEC JOJE.

(Il est environ **19 h 14 - ah!** comme l'autre soir... - je suis dans mon lit, en dessous de ma douillette.)

Joje: T'es pas sérieux?

Moi: Oui! Pis là, il s'est assis avec nous!

Joje: Donc là, il va toujours s'asseoir avec vous?

Moi: Ben oui, c'est sûr! C'est, genre, mon ami, maintenant!

Joje: Ayoye, t'es tellement trop cool, Lolo!

Moi: En tout cas, je suis content.

P.-S.: ** JE NE LUI PARLE PAS DE JUSTINE... JE NE VOIS PAS POURQUOI JE LUI EN PARLE-RAIS, DE TOUTE FAÇON. ELLE N'A, COMME, PAS RAPPORT DANS CETTE HISTOIRE.

Moi: On se sent bien dans ce temps-là... Pis? As-tu d'autres noms pour notre pays?

Joje: Pas vraiment...

Moi: Faudrait qu'on se dépêche, avant que quelqu'un d'autre ait la même idée que nous.

Joje: (Fronce les sourcils... Je le vois, en plus, car on est sur FaceTime...)

Moi: En tout cas, tu comprends ce que je veux dire, non?

** Maman entre dans ma chambre avec le téléphone:

Moi: Bye, Joje.

Joje: Salut!

Maman: C'est pour toi. C'est Max.

Moi (en prenant le téléphone): Merci... Referme la porte, s'il te plaît.

** J'ATTENDS QU'ELLE SORTE.

Moi: Salut, Max!

Max: Salut.

Moi: Qu'est-ce qui se passe?

Max: T'as pas répondu à mon email?

Moi: J'ai pas regardé...

Max: Rappelle-moi après l'avoir lu.

Moi: Ben, tu peux me le dire, on se parle, là.

Max: Euh...

Moi: Envoye, Max, accouche. Qu'est-ce qu'il y a?

Max: Est-ce que William va manger avec nous tous les midis?

Là, je commence à fulminer. Même mon meilleur ami ne comprend pas que ce n'est pas cool de faire de la peine à William?

Tant pis pour lui. Il est temps qu'on soit fins avec William, il ne nous a rien fait.

P.-S.: ** En plus, je viens de dire à Joje que William est maintenant mon ami, je ne peux, genre, pas vraiment changer d'idée.

William est juste un peu gros... **Pis, ça??**

Ce n'est pas de sa faute s'il mange tout le temps... Ça fait que, si Max n'est pas content, tant pis. Il est mieux de ne pas me demander de choisir, car je vais choisir William...

DONC, APRÈS HÉSITATION...

Moi: As-tu un problème avec ça?
Max: Non, je voulais juste savoir. C'est pas mal cool ce que t'as fait aujourd'hui.

FiiiiiiiOUOUOUOUOUOU!!!!

J'AVAIS, GENRE, PAS VRAIMENT LE GOÛT DE CHOI-
SIR WILLIAM...

** FINALEMENT. **

Moi: Y'est cool, lui...

Max: Ouain. C'est cool. Il va pouvoir, genre,
nous défendre si Kevin et ses 3 cons nous écœu-
rent...

Moi: Oui! Il fesse fort, en tout cas!

Max: On est mieux de l'avoir de notre bord!!!

On s'est mis à rire et on s'est dit qu'on se
verrait le lendemain.

Maman m'a fait des brownies au caramel comme
je le lui avais demandé. Elle est fine. Sévère,
mais fine.

17 janvier. Nous sommes dans la classe et
la cloche sonne la fin de la journée: tout le monde commence à ranger ses affaires...

Madame Manon: N'oubliez pas le devoir
pour demain. Bonne soirée! Oh, Charles-Olivier,
peux-tu venir me voir, s'il te plaît?

OH! OH!...

À moi-même: J'ai rien fait, pourtant??

Max me fait un «thumbs up», et William me donne une tape d'encouragement sur l'épaule... Je leur souris (ben, je fais semblant, en tout cas), mais j'ai vraiment le goût de vomir...

P.-S.: ** J'adore madame Manon. Elle est trop méga super fine... mais j'aime quand même pas ça quand elle m'appelle à son bureau **(surtout devant toute la classe)**... Je sais que j'aurais pu me forcer au dernier contrôle de maths (ou de français??), mais je vais me forcer au prochain. **PROMIS** PROMIS...

Je m'avance donc (un peu de reculons) vers son bureau...

Moi: ...

(Je ne dis pas un mot, parce que c'est à elle de commencer, puisque c'est elle qui voulait me parler, non?)

Madame Manon: J'ai su ce que tu as fait pour William à la café avant-hier.

Moi: ...

(OK. MOI AUSSI, JE LE SAIS!?)

Madame Manon me sourit...

Madame Manon: Je suis très fière du geste que tu as posé. Bravo! Et William est heureux, il est venu me le dire.

** Je ne sais pas pourquoi, mais j'ai, genre, le goût de pleurer... Ben, pas vraiment de pleurer parce que je suis triste, mais de joie, genre. C'est cool de faire plaisir au monde... Non?

— — — — — — — — — —

1er février. (À l'école = classe + café + gymnase + cour d'école)

Ça va bien avec Max et William. On est comme les **trois mousquetaires**. C'est comme ça qu'on se surnomme. Tommy est ~~jaloux~~ jaloux. Tant pis, on ne se parle presque plus. Je parle beaucoup à Justine. Elle est pas mal cool.

Pour en revenir à William, il est tellement drôle, ça n'a pas de bon sens. Il nous fait toujours ~~crampée~~... cramper de rire.

** C'est le meilleur imitateur au monde. Il est capable de faire plein de voix bizarres. Des voix de chanteurs, d'acteurs... même des voix de filles, mais on lui a promis de ne pas en parler à personne...

Je n'en reviens pas que ça fasse cinq ans qu'on soit dans la même classe et qu'on ne se soit jamais parlé avant...

P.-S.: ** Joje me dit que c'est comme ça aussi avec un gars qui a été dans sa classe chaque année, depuis la première... Ils sont amis, maintenant, mais le gars, son nouvel ami (je ne me souviens plus de son nom... euh, Laurent, je pense... **EN TOUT CAS**...) ne se faisait pas intimider par d'autres élèves... Ce n'est pas la même chose qu'avec William. Joje aussi, il trouve ça cool de se faire de nouveaux amis... Je devrais lui présenter Max et William. Je suis sûr qu'il les aimerait...

15 février. (Dans ma chambre, sur mon lit. Il est 18 h pile – je devrais faire un vœu, même si ce n'est pas aussi cool que quand tous les chiffres sont pareils.)

William m'a invité chez lui pour la journée. Max aussi va être là. Cool. Les trois mousquetaires vont passer la journée ensemble!! Je pense que je vais apporter des brownies au caramel...

(Je crie pour qu'elle m'entende de la cuisine.)

MOI: MAMAN???? PEUX-TU FAIRE DES BROWNIES POUR DEMAIN, S'IL TE PLAÎT?

Je pense qu'elle m'a répondu OUI... On verra tantôt...

J'ai hâte à demain... Je ne sais pas où William habite. Mais il m'a dit qu'il avait une Xbox, une Wii Et une PS3!!!!! Il est enfant unique...
** CHANCEUX. **

(ÇA COGNE À LA PORTE DE MA CHAMBRE.)

P.-S.: ** JE ROULE LES YEUX...

Moi: C'est qui?

@#$%?₵: C'est Tutu.

Moi: Qu'est-ce que tu veux?

@#$%?₵: Entrer!

(Je roule - encore - les yeux... Il est vraiment achalant, lui.)

Il ouvre la porte.

@#$%?₵: Qu'est-ce que tu fais?

(ça m'énerve, il chante toujours en parlant... c'est tellement fatigant; en plus, il a une voix fatigante.) ** Il a la voix de Daniel Blanchette de Victoriaville dans La guerre des tuques...

Moi: C'est pas de tes affaires.

@#$%?₵: Oh...

Moi: ...

@#$%?₵ (regarde autour pour trouver ce que je faisais): ...

** Mais j'ai caché mon carnet sous ma couverture: je ne veux pas qu'il le lise. **

Moi: Qu'est-ce que tu veux?
@#$%?&: Maman fait dire que c'est le temps de souper.

Grrrrrrrrrrr...... Il n'aurait pas juste pu, genre, me le crier d'en bas? Fatigant...

Moi: La prochaine fois, va achaler Mémé...

OH, ZUT...

@#$%?& (il me regarde et il se met à crier): MAMAN!?!? LOLO APPELLE MÉLIE MÉMÉ!!!!!!!

PETIT LON.

Mémé (de loin): ARGH!!!!!! Je vais l'étrangler, lui!
Maman (d'en bas): Arrêtez de vous chicaner et venez souper!!!

Mémé entre dans ma chambre et saute sur mon lit pour me frapper. OH! OH!...

Mémé: J't'ai dit d'arrêter de m'appeler de même!

MOI: AYOYE!! TU ME FAIS MAL!!!

PAPA ENTRE**

** Je ne savais même pas qu'il était déjà arrivé...

Papa: Qu'est-ce qui se passe ici? Mélie, laisse ton frère tranquille!

Mémé: C'est lui qui a commencé!!

Moi: Pas vrai!

@#$%?&: Oui, c'est vrai.

Moi: Toi, mêle-toi de tes affaires!

Papa: Tutu, va manger. (@#$%?& sort.) Vous deux: arrêtez donc de vous chicaner. Ça n'a pas de sens, d'être toujours à couteaux tirés comme ça.

Moi: J'ai pas de couteau, moi.

(OH! OH! JE VIENS DE MANQUER UNE OCCASION DE ME TAIRE...)

Papa: Fais pas ton «smatte» avec moi, parce que tu n'iras pas chez ton ami demain.

(OK, je ne dirai plus un mot de la soirée. Promis.)

Papa: Excusez-vous, maintenant.

Mémé: No way!! C'est lui qui devrait s'excuser!!

Papa: Je ne veux rien entendre. Vous allez tous les deux vous excuser. Sinon, pas de souper ni pour l'un ni pour l'autre.

Moi: ... (Ayoye... Y'est donc ben sévère, lui, tout d'un coup?)

Mémé: ...

(Je veux vraiment aller chez William.)

Moi: Je m'excuse.

Mémé (sur un ton baveux): Je m'excuse.

Papa (à Mémé - héhé): Excuse-toi comme du monde.

Mémé (se croise les bras): ...

Papa: Allez!

Mémé (se décroise les bras): Je m'excuse.

** Je dois avouer que Mémé semble sincère...
Papa est content. Moi aussi... On le suit. Mémé me fait une dernière grimace avant de descendre.

Le lendemain... J'ai passé une ~~maud~~ excellente journée! William est trop drôle avec ses
imitations. Ce n'était, genre, plus le même gars
que d'habitude...

PREMIÈREMENT, il a une super belle maison.

On a joué aux jeux vidéo un peu, mais pas tant
que ça, parce que William a plein de films
d'horreur qu'on a regardés... Il adore les films
d'horreur et ses parents le laissent en regarder
parfois. Vraiment trop COOL!! On en a regardé
trois: H A L L O W E E N, H A L -
L O W E E N I I, et P S Y C H O.

MA-LA-DE!!!!!!! C'était comme un festival
de films d'horreur!! En plus, sa gardienne nous a
laissés manger devant la télé.

P.-S.: ** Je sais que ça n'a pas rapport, mais
elle ne parle même pas français... On peut dire ce
qu'on veut, elle ne comprend rien...

Max et moi on capotait, parce qu'on
n'a JA-MAIS le droit de manger devant
la télé... On a mangé de la lasagne achetée...

(** J'ai eu un peu mal au cœur quand William a dit en blague qu'elle était faite avec du vrai sang... Me semblait qu'elle goûtait le sang, genre... mais c'était cool quand même!)

Puis, pour dessert, on a mangé du gâteau McCain congelé. Faut que je dise à maman d'en acheter, c'est vraiment débile. Après, on a mangé du popcorn avec des M&M's. William verse des M&M's dans son bol de popcorn. **TROP MALADE!!!** C'est genre du sucré-salé. C'est **DÉBILE MENTAL**... Je veux toujours manger du popcorn avec des M&M's à partir de maintenant!!!!!

On a aussi fondé un club des trois mousquetaires. Cool. On ne sait pas trop encore ce qu'on va en faire, mais c'est cool d'avoir eu l'idée de le faire...

La journée a passé trop vite. William est vraiment cool... Max aussi, mais je le savais déjà... W. m'invite à son chalet pendant la semaine de relâche. On va faire du ski. Son chalet est à Tremblant. **TROP COOL!!!** Je rêve de skier là, mais mes parents trouvent ça **trop loin**... et trop cher. Faut pas oublier qu'on est quatre enfants, alors je comprends. On est déjà chanceux de pouvoir skier. Et ça ne me dérange pas d'avoir des skis usagés... sont comme neufs...

C'est plate, Max ne sera pas à Tremblant lui aussi, parce qu'on aurait pu faire nos trois mousquetaires en ski. Max ne skie pas.
Son grand frère joue au hockey, et ça gruge le budget, de l'équipement de hockey... Max, il joue au soccer et il adore ça...

J'espère juste que ma MÈRE va dire OUI... sinon... je... je ne sais pas ce que je vais faire... la grève, tiens.
La grève de la faim. Ma mère va capoter.

... plus tard dans la journée...

** Avant le souper - je suis rendu à la maison, dans la cuisine...

Moi: Maman?

Maman: Quoi, mon trésor?

Moi: Ben, c'est parce que... ben... T'sais, William?

Maman: Je suis contente que vous soyez amis, c'est un gentil garçon.

Moi: Ouais... Ben, il a un chalet à Tremblant.

Maman: Ah! C'est l'fun.

Moi: Ben, c'est parce que, ben... Il m'a invité à passer quelques jours chez lui pour aller skier pendant la relâche...

Maman: Ah oui?

Moi: Hmm... (J'ai tous les doigts croisés... ste plaît, ste plaît, ste plaît, dis OUIIIIIIIIIIIIIIIIIIIIIII...)

Maman: Hmm...

** **Je pense qu'elle va dire non, comme d'habitude. Je commence la grève de la faim demain matin, euh non, demain soir... après le souper.**

P.-S.: ** Je mangerai beaucoup avant... comme ça, j'aurai des provisions pour quelques jours...

Maman: D'accord.

Moi: QUOI???????

Maman: Quoi, tu ne veux pas?

Moi: No-non. Je ne pensais juste pas que... Ben, cool! Tu veux!!

Maman: Laisse-moi tout de même appeler sa mère avant pour m'assurer que c'est OK... Et, idéalement, tu ne skies pas durant deux jours... On pourra te payer un billet de remontée, mais deux jours, c'est beaucoup. Tu comprends?

Moi: OK. Oui, je comprends très bien!! Pas de problème.

** *DOUBLE COOL* **, je mange tellement un gros sundae au chocolat pour dessert!! Youppi! Pas de grève de la faim!!!

** Onze secondes plus tard **

(OK... J'envoie *TELLEMENT* un email à William CE SOIR pour lui annoncer la bonne nouvelle!!)

P.-S.: ** C'est Joje qui va être jaloux... Il est déjà allé skier à Tremblant, et c'est sa station préférée... C'est sûr, c'est tellement gros!! **

DEUX SEMAINES PLUS TARD...

C'est la veille du départ chez William... à Tremblant!! Je suis en train de finir ma valise... Maman entre dans ma chambre avec des vêtements.

Maman: Tiens, le reste de tes vêtements de ski. Tu skies avec ton casque, n'est-ce pas?

Moi: Ben oui, m'man!

Maman: Promets-le-moi. Y a tellement d'accidents. Je sais que je ne peux pas t'empêcher de faire de la vitesse, mais ça me rassure de savoir que tu portes ton casque. Ça peut te sauver la vie.

Moi: Je sais. De toute façon, William en a un, lui aussi.

Maman: Même s'il n'en avait pas, je voudrais que tu en portes un. Dans la vie, il ne faut pas aller à l'encontre de nos valeurs juste parce que nos amis sont différents.

Moi: M'man, j'ai compris. Je porte le casque. As-tu fait des cupcakes?

@#$%?&: Oui, elle en a fait... Et on a le droit d'en prendre un, Lulu et moi.

** **Heille**, je l'avais pas vu,
lui! Il est dans le cadre de ma porte de
chambre à espionner ce que maman et
moi disons.

Moi: Qu'est-ce que tu fais là, toi?
@#$%?&: Rien.

** **Ben oui**!! Je le crois, surtout!! **

Maman: Tutu, va lire dans ta chambre, s'il te plaît.

Il grogne, mais écoute ma mère...

Maman: J'ai une bouteille de vin pour son
père. Et un petit cadeau pour sa mère.
Moi: T'es cool.
Maman: Mets-en, que je suis cool!!!

Elle m'embrasse sur le front... **moins cool...**
avant de sortir.

Je me couche en pensant à demain.

** **DÉBILE!!**

J'ai tellement hâte...

Max est parti avec sa famille chez ses grands-parents qui habitent à Saint-Calixte pis il se fait ~~eh~~ suer là-bas... Il aimerait mieux être avec nous autres.

OK. J'apporte TELLEMENT ce ~~cahier~~ carnet là-bas... JE VEUX ME SOUVENIR DE TOUT!!!!

P.-S.: ** Dans le fond, c'est cool, écrire dans un ~~journal~~ carnet... Faut juste que Mémé ne tombe pas dessus... C'est pour ça que je le cache toujours entre mes deux matelas de lit... CHUT!!

22 h. J'écris parce que je suis incapable de dormir. Trop excité!

Maman: Lolo, couche-toi. Tu vas être fatigué demain.
Moi: Ouais, ouais...

(À MOI-MÊME: JE SUIS COMPLÈTEMENT CRINQUÉ, JE NE SAIS PAS COMMENT JE VAIS FAIRE POUR M'ENDORMIR!!!

Je me couche enfin... Et je m'endors...

J'ouvre les yeux. C'est l'heure de me lever! YES!
Le réveil affiche 5 h 14. ~~Merde~~. Zut. Il est trop tôt.

Je referme les yeux.

Je les ouvre une heure plus tard (en tout cas,
on dirait)... 5 h 18. HAN????? Seulement quatre
minutes plus tard??????????? C'est

L'ENFER!!!!!!......

Je tente de me rendormir: enfin... Je me
réveille... *8 H 24???????????* Je n'ai pas
entendu mon réveil. Vite, faut que je saute dans
la douche. William et sa mère arrivent dans...
trente-cinq minutes!!!!!

Moi (je crie): MOM????????
Maman (de loin): Quoi?
Moi (en ramassant mes vêtements en vitesse
pour aller prendre ma douche. J'ouvre la porte
de ma chambre et cours vers la salle de bain):
Pourquoi tu ne m'as pas réveillé avant????

Maman: Je montais, justement.

Moi: (Je roule les yeux. Je n'ai pas le temps pour des niaiseries...)

J'essaie d'entrer dans la salle de bain. La porte est barrée.

Moi: MÉMÉ!!!!!!!!!! Dépêche-toi, je suis pressé!

Mémé (de l'autre bord de la porte): Heille, le p'tit con. T'avais qu'à te réveiller plus tôt!! Attends ton tour!!

P.-S.: ** *JE BOUILLONNE.*

Moi: MOM?!?!?!?!?!??!?! Mélie me fait **CHIER!!** (Zut, c'est sorti tout seul.)

P.-S.: ** Je sais que je suis dans le trouble en voyant les yeux de ma mère, c'est-à-dire LA SORCIÈRE, doubler de grosseur...

Maman (arrive près de moi): **PARDON??** C'est quoi, ce langage-là?

Moi: Je m'excuse. Je voulais dire: «Elle me donne du fil à retordre.»

(À moi-même: HAN? Depuis quand je dis ça, moi?)

Moi: Je vais être en retard...
Maman (frappe à la porte): Mélie, dépêche-toi, s'il te plaît.

Mélie (elle crie encore): JE VIENS DE RENTRER!! Et j'ai des problèmes, ça fait qu'il va attendre son tour...

P.-S.: ** Elle doit encore avoir un bouton qu'elle n'est pas capable de péter. Parce que:
- il est gros;
- il fait mal (ça a l'air);
- il est entre deux peaux (selon Mémé).

Maman se retourne vers moi...

Maman: Bon, OK, va dans ma salle de bain. Je ne veux surtout pas que tu fasses attendre madame Tremblay.
Moi: Cool...

P.-S.: **Je n'ai jamais le droit de prendre ma douche dans la salle de bain de mes parents. C'est, genre, sacré, là-dedans...

Trois minutes plus tard...
(C'est une expression, parce que, pour de vrai, il est 8 h 39: quinze minutes plus tard.)

Je sors de la douche (sérieux, j'ai même pas pu profiter du jet spécial de la douche de mes parents...), puis je descends en vitesse. J'entre dans la cuisine et... *COOL!!!*

Maman a fait du pain perdu...
MON PRÉFÉRÉ!!!!

Maman (EN M'APPORTANT MON ASSIETTE): Tu vas m'appeler ce soir?
Moi (la bouche pleine): Hmm...
Maman: De toute façon, je vais appeler Hélène (mère de W.). Elle m'a donné le numéro...
Moi: (Je roule les yeux.)

Maman: Heille! Je t'ai vu!

Moi: Han? Comment t'as fait?

P.-S.: ** Sérieux, elle me fait «halluciner», cette femme...

Maman: Je vois tout...

** TELLLLLLLEMENT!!!

Madame la SORCIÈRE... Rien ne lui échappe.

DING DONG!!!!!

Moi: YESSSSSSSSSS!!!

Un break de Mémé et de @#$%?& pour deux jours!!!! Je vais avoir la paix. *THE BEST*!!!

Je monte dans ma chambre chercher mon sac à dos. Quand je sors:

@#$%?&: Où tu t'en vas?

Moi: Tu le sais, chez William, à Tremblant.

@#$%?&: Pour quoi faire?

133

P.-S.: ** AAARRRGHH QU'IL M'ÉNERVE, LUI!!!

Moi: Faut que j'y aille, ils m'attendent en bas.
@#$%?&: Je vais m'ennuyer.

**J'arrête. C'est quand même gentil de dire ça à son grand frère.
Mais il veut un câlin.**

NO WAY!!!!

OK... Juste un p'tit... Pour lui faire plaisir. Mais je
vais faire ça vite...

Lulu (dans le cadre de la porte de ma
chambre): Moi aussi, j'en veux un.

** Hiiiiii, je ne l'avais pas vue, elle.

Moi (elle est tellement cute...): Ah! OK, viens
ici... mais fais ça vite, ils m'attendent!

Soir. (Je ne sais pas trop vers quelle heure,
parce qu'il n'y a pas de réveil dans la chambre
d'invités. Bizarre. Il y a tout dans cette maison,
sauf des réveils.)

WOW... Il faut que j'avoue que la mère de William est un méchant pétard... Elle est, genre, un peu gênante, même... Elle a des ~~maud~~ belles jambes et je te dis pas pour le reste... C'est quand même bizarre que William, ben, il soit ~~gros~~. Je veux dire... un peu... rond.

O M G!!!!!

Tu devrais voir le chalet!!!! C'est un château!!!!! Presque aussi gros que **Sagard****. Ben, pas aussi gros, mais c'est le fun quand même.

P.-S.: ** {Sagard est le domaine qui appartient à la famille Desmarais. Paul Desmarais était le président de Power Corporation, une des plus grosses compagnies au Canada! Ils détiennent, entre autres, le quotidien **LA PRESSE**. Ça a l'air qu'il y a plein de présidents et de premiers ministres du monde entier qui sont allés le visiter. C'est près de Québec, dans Charlevoix. Je pense; en tout cas, ce n'est pas bien grave.}

Il est proche des pistes de ski, sur le bord d'un lac. (Je parle du chalet de William, pas du château de Sagard.)

** HALLUCINANT!!!

P.-S. : ** **Je suis vraiment né dans la mauvaise famille.**

En plus, il y a tellement de choses à faire là-bas!! Dans le sous-sol, ils ont des tables de pool et de ping-pong, et une «machine à boules»! Il y a aussi un bar où l'on peut se faire du chocolat chaud méga débile avec

FULL GUIMAUVES!!!!!

Ils ont même une machine à popcorn, comme dans les cinémas, et une machine à bonbons!! Je veux **TELLEMENT** déménager ici!!!!!

Sa mère nous a fait des pâtes bolognaises (**P.-S. :** ** Un peu moins bonnes que celles de ma mère – elles goûtaient la sauce achetée...) avec une salade César (vinaigrette sûrement achetée). C'était correct quand même... Mais j'aime mieux

la salade de ma mère, c'est de la vraie vinaigrette, pas en bouteille... Mais ses parents n'ont
pas mangé avec nous.

Ils ont mangé seuls, un peu plus tard...
William me dit qu'il ne mange pas souvent avec
eux. Ce n'est pas comme nous. Maman insiste
pour que toute la famille mange ensemble tous
les soirs. **L'enfer...**

On a skié toute la journée... Vraiment cool!!
Puis, on a regardé **Friday the 13th** 1 et 2 en
mangeant du popcorn aux M&M's. Je capote
tellement c'est malade!!!!

P.-S.: ** **Pas le goût de retourner chez nous...**

JAMAIS!!

On a fait plein d'autres choses, mais j'aime
mieux ne pas en parler, parce que c'est, comme,
un peu niaiseux, genre...

P.-S.: ** Joje va capoter quand je vais lui
raconter tout ça...
P.-P.-S.: ** Lui, il a le droit de tout savoir. Hé! Hé!...

4 mars. (Dans l'auto, en revenant de chez le dentiste, qui est à douze minutes de chez nous)

A-Y-O-Y-E... Che chors de chez le dentichte et ch'avais une carie... *L'ENFER*... Ch'est chûr que maintenant che vais mieux me brocher les dents... Il a dû me piquer dans les genchives et cha fait tellement mal que ch'ai le goût de pleurer... Tout che que ma mère a dit, ch'est:

Maman: Je te l'avais dit!! Tu ne te brosses jamais les dents comme il faut!!

Quand même, che n'ai pas chinq ans... Mais che vais faire plus attenchion, parche que cha me fait mal cholide... Che chuis mieux de commencher à pacher la choie dentaire... Ouch... Ch'ai pas hâte que cha déchèle!!!!

P.-S.: ** CH'AI FULL BAVE QUI COULE QUAND CH'OUVRE LA BOUCHE. CH'EST FULL DÉGUEU...

5 mars. Je fais le va-et-vient entre le sous-sol et la cuisine (et j'ai failli trébucher dans les escaliers en remontant... Pas drôle.).

William vient cet après-midi et ma mère m'a promis que j'allais avoir le sous-sol à moi tout seul et que les jumeaux ne me dérangeraient pas. Mémé est chez son amie pour deux jours. *LA PAIX!* Je vais me sentir comme quand j'étais au chalet de William, tout seul avec lui dans le sous-sol. Pas de petit frère ou de petite sœur.

P.-S.: ** On se comprend: la seconde où William a mis le pied dans la maison, mes deux sangsues de jumeaux sont venus nous achaler.

@#$%?&: À quoi vous jouez?
Moi (roule les yeux vers William): À rien. Laisse-nous tranquilles.

(Là, Lulu s'avance vers William avec un livre de ??? [**ON S'EN FOUT**...] et elle lui demande...)

Lulu: Connais-tu ce livre-là?

139

William: Non. Je ne connais pas beaucoup les livres de filles...

Lulu: Est-ce que je peux te raconter l'histoire?

William (éclate de rire): Euh, si tu veux!

(Elle s'avance vers lui!!)

Moi: Euh, tellement pas!! Laissez-nous tranquilles.

@#$%?₵: T'es pas vraiment fin avec ta p'tite sœur et ton p'tit frère.

Moi: ...

William: (Léger sourire.)

** Je monte à la cuisine.

Moi: MOOO-OOOMMM!!!!!!!

**** Je redescends avec maman, qui s'en mêle...
Ils partent pas longtemps après.**

Moi: Excuse-moi. Sont toujours comme ça.

William: Pas grave, sont vraiment cutes.

Moi: Hmm....... Bon, on joue une partie de Skylanders?

William: OK... Mais je prendrais bien une p'tite collation.

ÉVIDEMMENT!!!!

Je remonte à la cuisine chercher les chips - avec des crudités (je sais, c'est gênant, mais ma mère m'y oblige).

(Pas de popcorn, et ma mère n'a pas voulu acheter de M&M's...) :(

Je redescends avec les chips + un 7UP... + euh... ben... des crudités (je sais que c'est poche à côté des chips au BBQ, mais ça goûte bon quand même.. des fois) = **William sourit.**

FIOU...

On joue tout l'après-midi, jusqu'à ce que ma mère nous appelle pour le souper. Et là, c'est un peu bizarre... William sursaute quand il voit la table.

William: Wow, c'est une belle table, ça!
Moi: Ouain... ma mère aime ça quand on a des invités...

Papa vient s'asseoir avec les jumeaux.

William: On... mange tous ensemble?

Moi: Ouain... C'est-tu correct? (Je chuchote.)
Ma mère veut toujours qu'on mange toute la
famille ensemble. Elle dit que c'est important.

William: OK.

Lulu: William, je peux m'asseoir à côté de toi?

Moi: Non...

William: Ben oui, c'est correct.

**(En montrant la poupée que Lulu tient
dans ses mains.)**

William: C'est qui, ça?

Lulu: C'est ma poupée Caroline. Ça ne fait
pas longtemps que je l'ai et elle voulait manger avec nous ce soir.

Moi: {Je roule les yeux.}

William: Ah oui?

(Il rit!!!!)

Papa: Dis-moi, William**...

** {Ça y est, ça commence: la période de
questions de mon père, qui veut toujours tout
savoir... J'espère qu'il ne posera pas de
questions stupides. Oh, et qu'il ne dira pas de
niaiseries devant mon ami...}

142

Papa: Comment aimes-tu madame Manon?

William: Elle est cool… J'aime ça, cette année. C'est mon année préférée jusqu'à maintenant, parce qu'on est les trois mousquetaires!

Papa: Ah oui? Les trois mousquetaires?! J'imagine qu'il y a Lolo. C'est qui, l'autre?

(William se retourne vers moi.)

William: Tu ne l'as pas dit à tes parents?

Moi: (Je hausse les épaules… je ne sais pas quoi faire d'autre.)

William (à mon père): Max.

Papa: Ah! Bien sûr! J'aurais dû y penser!!

William: Je n'en reviens pas que tu ne l'aies pas dit à tes parents!

Moi: (Je hausse les épaules… je ne sais pas quoi faire d'autre.)

Maman arrive avec le rôti de bœuf**.

** ça sent **très** bon.

Maman: Il ne nous dit jamais rien. Il s'enferme toujours dans sa chambre.

@#$%?&: Ça, c'est vrai!

Moi: Toi, mêle-toi de tes affaires!

Lulu: Et des fois il n'est pas gentil avec nous.

@#$%?&: Souvent!

Lulu: Nous, on ne fait rien, mais...

Moi: Voulez-vous arrêter?

Maman: Calme-toi, Lolo. Les jumeaux veulent juste apprendre à connaître ton nouvel ami.

@#$%?&: Lolo nous a dit que ta maison est super débile avec plein de machines à jouer, pis une machine à guimauves?

Moi: À popcorn... (Moins fort.) Niaiseux...

WILLIAM: (Hausse les épaules en faisant «oui» de la tête et en prenant une bouchée.)

William: Hmm, c'est très bon, madame.

Maman: Merci!

Lulu: Si tu veux jouer avec Caroline, je peux aller à ton chalet, moi aussi. On pourrait jouer ensemble? Et tu pourrais me montrer comment fonctionne ta machine à popcorn. Moi, j'aime ça, le popcorn!

@#$%?&: Moi aussssssiiiiiiii!!!

Je roule les yeux...

William (éclate de rire): OK!

Lulu: COOL.

Elle me regarde, fière d'elle.

@#$%?&: HAN? Pour de vrai? Moi, j'ai des livres d'autocollants de Lego et des Bakugan. Je pourrais y aller aussi si je les apporte? Je te montrerai comment jouer. Tu vas voir, c'est vraiment le fun.

William: Je connais les Bakugan, j'ai toute la collection.

@#$%?& est un peu déçu et son visage se décompose...
William s'en aperçoit
et il ajoute...

William: Mais ça fait longtemps que je n'en ai pas acheté et je suis sûr que tu en as que je n'ai pas... tu pourrais me les montrer?

P-S.: ** EUH... Pourquoi est-il si fin avec les jumeaux??

@#$%?& fait «oui» de la tête. Il a le sourire aux lèvres et me regarde en se bombant le - petit - torse...

(William mange encore.)

Moi: Euh... TELLEMENT PAS!!! Il niaise. (À
William.) Excuse-les, ils sont un peu retardés.
Maman: LOLO!!
Moi: QUOI? C'est vrai!
Maman: Ne parle pas comme ça.

Moi:

Maman (à William): Excuse-les, ils sont
excités parce que Lolo nous a raconté qu'il
avait eu tellement de plaisir à ton chalet
qu'il voudrait déménager chez toi.
William: OK.
Moi: OK?? OK quoi?
William: Tu peux déménager chez moi si tu
veux.

Je regarde mes parents, les yeux exorbités, et, quand je me retourne vers William,
je remarque qu'il est sérieux!!!

P.-S.: ** TROP DÉBILE!

William: À la condition que moi,
je déménage ici.

Moi: Han? Fais-moi confiance, tu ne veux **TELLEMENT PAS** habiter ici!!

Maman: Ah non??? Pourquoi pas??

Moi: Ben, euh... ben... (Dans le trouble......)

** AWKWARD: MÉGA MALAISE

P.-S.: ** on dit que parfois on manque de bonnes occasions de se taire. C'en était une...

Donc, pour prouver que j'ai raison (et surtout pour me sortir du trouble...), j'ajoute...

Moi (en regardant la sorcière): QUOI?? C'est l'enfer de se faire gosser par des sangsues à longueur de journée.

William: Moi, j'adorerais ça, me faire gosser par des p'tits frères et des p'tites sœurs, et manger en famille... Je mange toujours tout seul... ou avec ma gardienne, qui ne parle pas le français...

IL PREND UNE AUTRE BOUCHÉE SANS LEVER LES YEUX. ON LE FIXE TOUS **, SANS PARLER.

William (continue): ... MIAM!! Et c'est le
meilleur souper maison que j'ai mangé depuis
longtemps, ça, madame.

Lulu: Ma mère cuisine bien.

(Maman sourit, gênée...)

Je me sens mal tout d'un coup, et je n'ai
plus vraiment faim. William est toujours tout
seul à la maison. Et, avant que Max et moi ne
soyons ses amis, ben il était toujours tout seul
à l'école aussi... ça fait des journées longues,
ça... C'est peut-être pour ça qu'il mange sans
arrêt... pour passer le temps...

J'AI DES FRISSONS JUSTE À Y PENSER... et un méchant gros motton dans la gorge...

**Pas besoin de dire qu'il dévore les mille-feuilles maison que
ma mère a préparés pour lui...**

Maman: Lolo m'a dit que c'était ton dessert
préféré.

William: Ah oui!! ça, et les gâteaux au chocolat... et les sundaes au caramel... oh, et aussi
les tartes au citron... mais j'aime quand même

aussi les crèmes caramel, là... c'est vraiment bon, ça, et surtout, surtout les crèmes brûlées, mais ma mère dit que c'est très engraissant, alors je n'en mange pas souvent... Mais, quand il y en a, je ne suis jamais capable d'en manger juste une!!!

On éclate tous de rire. Sacré William. Je te dis qu'il aime ça, manger, lui!!!!

Ça a été un peu bizarre dans les jours suivants, parce que William voulait toujours venir chez nous. Même si on n'a pas de Xbox ni de PS3... Il dit qu'il aime ça, être chez nous, parce qu'il y a de la vie et que c'est le fun, des frères et des sœurs...

P.-S.: ** J'aimerais ça, penser comme lui.

** Je vais essayer de me forcer un peu...

J'avoue que, des fois, c'est l'fun – mais pas tout le temps. Hmm... je me demande si Justine s'entend bien avec sa sœur...

22 mars. (C'est la fête de quelqu'un aujourd'hui, me semble, mais je ne me souviens plus de qui... Pas grave.) Je sais que ça n'a pas vraiment rapport, mais il commence à faire un peu plus beau à l'extérieur.

On a eu des examens au retour des vacances.

POCHE.

Les trois mousquetaires se sont retrouvés, mais là, on cherche ce qu'on pourrait faire avec notre club sélect. Alors, j'ai essayé de trouver sur le Web qui ils sont exactement, et ce qu'ils font de spécial. Ben, imagine-toi donc que les trois mousquetaires...

Ils sont 4!!!!

Les trois mousquetaires, c'est un roman d'Alexandre Dumas qui date d'il y a longtemps, genre, **1844**. Les mousquetaires s'appelaient: D'Artagnan, Athos, Porthos et Aramis. Un mousquetaire, par définition, c'est un **FANTASSIN**∗∗ (??) armé d'un **MOUSQUET**∗∗ (??).

∗∗ Pas vraiment le goût de chercher dans le dictionnaire ce que «fantassin» et «mousquet» signifient... mais les mousquets, je crois que ce sont des armes, genre, comme des arbalètes... **CONNAIS-TU ÇA ?!** Les mots sont dans le dictionnaire. Tu peux trouver la définition pour moi?

Je ne sais même pas il est où, le dictionnaire. À moins qu'il soit dans la chambre de Mémé. **HMM**... ça me donnerait une bonne raison d'aller fouiner... En fait, je pense que je vais le chercher là.

BREF... les mousquetaires se battaient pour le roi Louis XIII (j'imagine qu'il était important, le nom me dit quelque chose). Finalement, ce n'est pas très impressionnant. Mais ce n'est pas grave, on a appelé notre club

LES TROIS MOUSQUETAIRES

et on décidera ce qu'on veut faire avec ça. Peut-être qu'on devrait demander à Tommy de faire partie de notre club, comme ça on serait quatre. Comme les trois mousquetaires... OMG, même moi, je suis mélangé... (** Non, pas Tommy.)

EURêKA!!!!

J'ai une bonne idée!!! On va former notre pays avec les trois mousquetaires!!!!!

P.-S.: ** Dans ce cas, il va falloir que j'en parle à Joje... Il pourrait peut-être être notre quatrième membre (mieux que Tommy)?? Mais mes amis ne le connaissent pas... hmm...

P.-P.-S.: ** Et il veut toujours tout gérer, monsieur Germaine (comme dans «Gère-Mène». ** Des fois, j'appelle Mémé comme ça, mais ma mère me chicane, alors je ne l'appelle plus comme ça. ==== Pas sûr que ça se dit pour un gars, mais tant pis, je le dis quand même.).

JE VAIS EN PARLER AUX AUTRES...

1ER AVRIL. (À l'école, qui aurait dû être fermée aujourd'hui – à mon avis.)

Je voulais faire une blague à William, mais je ne sais pas trop quoi. Et, en plus, il y a une

MÉGA TEMPÊTE DE NEIGE!!! L'enfer. Tout le monde est un peu écœuré de la neige. On est tannés solide... C'est ça, le Québec. De la neige n'importe quand! Et dire qu'on n'a pas eu la première tempête avant le **29 DÉCEMBRE**, cette année (ben, l'année passée). Moi, j'aimerais mieux que la neige tombe plus tôt, qu'on en finisse une fois pour toutes, non?

En plus, ce que je ne comprends pas, c'est que la marmotte *WIARTON WILLIE* (celle de l'Ontario) n'a pas vu son ombre le 2 février, cette année. Ça veut dire que le printemps aurait dû arriver plus tôt.

En plus, celle des États-Unis, ~~Pung~~ ~~Punax~~ ~~Pain~~ ~~xung~~ ~~Punxsutg?~~, en tout cas: **Punx quelque chose**, non plus. Elles sont toutes les deux dans le champ, si vous voulez mon avis.

Moi, je préfère celle de l'Ontario. Son nom est bien moins compliqué à prononcer. Sé-rieux, ~~Puns Punxsan Pont Punt Punkxs Punxsoken Punxsutwney Kahnawake~~ (oups, ça, c'est la ré-serve indienne, de l'autre bord du pont Mercier).

PUNXSUTAWNEY!!

Je ne suis même pas capable de l'écrire sans copier un livre!! Encore moins de le dire: je suis donc allé sur le Web et on doit le prononcer: **PONK-SO-TÂ-NY**.

En tout cas, c'est quelque chose du genre... Mais, quand j'en ai parlé à maman,

{car je ne me souviens jamais si c'est bon ou mauvais quand la marmotte voit son ombre, alors je dois le lui demander chaque année. Comme c'est une sorcière, elle connaît ça, ces affaires-là...}

elle m'a annoncé qu'il y en avait plusieurs au Canada, genre à Winnipeg, à Edmonton, et je ne sais plus où d'autre. C'est quoi, le but, dans ce cas???

Et, sérieux, comment font-ils pour savoir si la marmotte voit son ombre ou non, ils ne peuvent quand même pas lui poser la question???

Ombre ou pas ombre, si mes calculs sont bons, le 2 février était il y a huit semaines (deux mois!!). Ça n'a plus rapport!!!

** À partir de maintenant, au diable les marmottes, c'est **MÈRE NATURE** qui gère tout!!

*, *, *, /, ', —, /, *, /

4 avril. (Dans ma chambre, assis par terre, accoté au pied de mon lit - pas très confo, mais ça fait changement.)

On va chez mes grands-parents pour Pâques. **POCHE**. Max aussi reste à Montréal, et on voulait aller chez William à Tremblant pour Pâques vu qu'il est seul, mais ma mère ne veut rien savoir, même s'il m'a invité.

Elle dit que Pâques est une fête familiale, **BLA, BLA, BLA**.

**P.-S.: ** *ELLE NE VEUT JAMAIS RIEN... L'ENFER.*

Moi, je dis que Pâques, c'est en plein milieu d'un long week-end et ça gâche tout. Je pense qu'on devrait fêter Pâques le vendredi matin (car c'est congé), ou encore le lundi soir. Comme ça, on aurait un vrai long week-end qu'on pourrait passer avec nos amis, et non notre famille.

(** **Pas rapport, mais je me lève pour m'asseoir à mon bureau, parce que j'ai les fesses engourdies.)**

D'autant plus que mes parents m'obligent à aller à la messe. Ça, ça m'énerve solide.

Mais je dois avouer que le prêtre à notre église est très drôle. Il me fait rire, car il **RRRRRRRRRRRRRRRROULE** ses «**rrrrrrrrrr**» et il a environ deux cent quatre ans.

P.-S.: ** OK, il n'est pas si vieux, mais, quand même, il a au moins 75 ans, ou 90... genre...

P.-P.-S.: ** Tant qu'à être là, j'en profite pour remercier le «bon Dieu» (comme dit mon père) de m'avoir gâté dans la vie et de m'avoir donné une famille qui m'aime... Même si y en a la moitié qui m'énerve solide... Mais ça, je garde ça pour moi...

✳   ✳   ✳

7 avril. (Chez mamie et papi...)

Ma mamie est la meilleure cuisinière au MONDE!!

J'adoooooooooore ça, aller chez elle!! Et, comme William était seul, ben avec sa gardienne - elle est comme sa sangsue (** ses parents sont partis je ne sais pas trop où, sur une île de l'Atlantique... euh, non, du Pacifique... en tout cas, là où il y a de grosses vagues), il est venu avec nous. Lui, il trouve ça le fun d'aller à la messe. Il priait fort, en tout cas. Je ne sais pas ce qu'il veut de plus. **Il a déjà tout**.

Moi, j'ai prié pour avoir:

- de nouveaux skis;
- une nouvelle raquette de tennis;
- **UNE NOUVELLE GRANDE SŒUR**;
- des patins;
- et... bref...

Lui, ça m'intrigue de savoir ce qu'il peut bien vouloir de plus.

P.-S.: ** Le plus cool est que William a rencontré Joje. Mais Joje n'est pas venu à la messe avec nous, il est allé directement chez mamie...

** **CHANCEUX...**

Mamie nous a préparé un bon gros repas de Pâques. Et son jambon est tellement bon que j'en mange toujours **deux assiettes**...

avec deux desserts, surtout quand elle fait de la bonne tarte au sucre! Comme c'est le temps des sucres, elle a aussi fait une tarte à l'érable assez hallucinante. Pas besoin de dire que William est tombé dedans**!!

** EUH, FAÇON DE PARLER...

J'en ai tellement mangé que j'ai eu un petit **buzz** tout l'après-midi!

Mémé a passé toute la journée sur FaceTime avec Simon, même si elle l'a vu hier soir. Puis, comme il a fait beau dimanche en après-midi, elle s'est installée au soleil sur la galerie, et elle s'est fait bronzer pendant beaucoup d'heures. Elle va ratatiner très jeune, elle, c'est sûr... (COMME UN RAISIN SEC). Elle se fait toujours bronzer le visage. Et elle ne met pas de crème, parce qu'elle dit qu'elle «GRILLE» mieux comme ça.

J'ai joué avec les jumeaux, Joje, le p'tit frère de Joje et William chez mamie. Ils sont contents quand on joue ensemble, et moi, ben, je n'avais pas d'autre chose à faire, donc... tant qu'à ne rien faire...

** **Ça serait cool de croiser Justine quelque part.**

Réflexion faite à moi-même pendant la journée...

** **QUOI???** ça se peut! Ce n'est pas
si grand que ça, Montréal...

—————————————————————

8 avril. (Maison: j'ai joué à des jeux vidéo
toute la journée :(car il ne fait pas beau... :( )

Pas vu Justine aujourd'hui.

P.-S.: ** SÉRIEUX... ça me gosse vraiment de ne
pas savoir ce que William a demandé au «bon
Dieu».

À: willywonka16@(secret!!).com
De: lolo4428@(secret!!).com
Salut William, qu'est-ce que tu fais de bon?

À: lolo4428@(secret!!).com
De: willywonka16@(secret!!).com
Pas grand-chose, je regardais la télévision.
Je suis avec ma gardienne.

P.-S.: ** Faut que je trouve un moyen de savoir
ce que veut William... Hmm... Euh...

À: willywonka16@(secret!!).com

De: lolo4428@(secret!!).com

J'ai hâte de voir si mes prières vont porter fruit.

À: lolo4428@(secret!!).com

De: willywonka16@(secret!!).com

Tes prières de quoi?

À: willywonka16@(secret!!).com

De: lolo4428@(secret!!).com

Ben... tu sais, à l'église... Pour que le bon Dieu me donne de nouvelles choses... Pis toi?

À: lolo4428@(secret!!).com

De: willywonka16@(secret!!).com

Quoi, moi?

À: willywonka16@(secret!!).com

De: lolo4428@(secret!!).com

Tu n'as besoin de rien, qu'est-ce que tu lui demandes quand tu pries?

À: lolo4428@(secret!!).com

De: willywonka16@(secret!!).com

Toujours la même chose, pis je ne l'ai jamais...

À: willywonka16@(secret!!).com
De: lolo4428@(secret!!).com
Quoi?

À: lolo4428@(secret!!).com
De: willywonka16@(secret!!).com
Une famille comme la tienne.

P.-S.: ** Mes joues sont devenues très chaudes et je me suis senti mal en lisant son message. Alors, j'ai répondu...

À: willywonka16@(secret!!).com
De: lolo4428@(secret!!).com
Euh, de toute façon, ça ne donne jamais rien, les prières. Je pense que je ferai semblant de prier la prochaine fois... En plus, je suis toujours mélangé à l'église. Je ne sais jamais quand il faut se lever. Salut.

---

9 avril. (Ma chambre / la cuisine / la chambre de Mémé – héhé / le sous-sol)

** Pas vu Justine. ** Pas rapport.

P.-S.: ** Faut dire que je suis resté à la maison

à jouer à des jeux de société avec les jumeaux et mes parents. IL PLEUT à BOIRE DEBOUT...

Mémé, elle, elle a jasé sur FaceTime la moitié de la journée, et elle est allée au centre d'achat l'autre moitié. Pas facile, les ados, comme dit ma mère...

10 avril. Travaillé un peu sur le terrain avec papa et les jumeaux...

Toujours pas de Justine... Vraiment nul.

11 avril. Commissions = Costco + station-service pour mettre de l'essence + supermarché + (parce que je suis fin) café pour papa + frappuccino au chocolat pour moi!!!

Vu qu'on a passé les derniers jours à ne rien faire, mon père m'a obligé à aller faire des commissions avec lui...

** TROP POCHE **
** Sauf le frappuccino.

Mais, on a croisé Justine et son père! Toute une coïncidence! En plus, ça adonne que nos pères se connaissent car ils allaient au même CÉGEP!!!!!

** Elle trouve ça vraiment cool que je sois ami avec William, et elle a ri quand je lui ai parlé des trois mousquetaires... Il faut juste trouver ce qu'on veut faire de ça...

{Peut-être apprendre l'escrime?}

C'est ça qu'ils faisaient, dans le temps... Ça me tenterait d'essayer, il me semble que ça pourrait être cool. Et ça ferait changement du soccer...

P.-S.: ** J'avais dit que je voulais fonder mon pays avec les gars... Faut que je me souvienne de leur en parler.

12 avril. (Rien de spécial dans la journée... donc dans ma chambre)

LE SOIR (SUR FACETIME AVEC JOJE, VERS 19 H 47)

Joje: Ma mère m'a dit que je pouvais t'inviter

à coucher chez nous en fin de semaine. Ça te tenterait?

Moi: Heille! C'est sûr!! Je vais demander à ma mère et je te reviens, OK?

P.-S.: ** Je vais le leur demander demain soir, parce que je suis déjà supposé être couché. Joje, lui, il se couche trente minutes plus tard que moi, le chanceux... Mais il est plus vieux... Ben, de huit mois, je sais que ce n'est pas beaucoup, mais, à notre âge, ça compte...

— — — — — —

13 avril. Oh, oh, je suis dans ma chambre parce que j'ai apporté la brassière rose de Mémé à l'école et que je la lui ai lancée en plein visage devant ses amis.

Ma mère + mon père entrent dans ma chambre avant le souper (pas bon signe).

Maman: Lolo, papa et moi aimerions te parler. (**Oh! Oh!** Ils n'ont pas l'air de vouloir parler «brassière».)
Papa: ...

P.-S.: ** Mon père ne dit jamais rien dans ces moments-là. Je le comprends, car ma mère a beaucoup de caractère, moi non plus je ne parlerais pas si j'étais à sa place...

Moi (par son visage mécontent... je me doute de ce qu'elle veut me dire): Qu'est-ce qu'il y a?

Maman: Le sais-tu?

Moi: (Hausse les épaules, mais c'est une sorcière, alors j'imagine qu'elle sait que je sais...)

Papa: ...

Maman: Je pense que oui... À propos de tes notes.

Moi: ...

Papa: ... (Il me regarde et attend la suite, comme moi.)

Maman: J'ai eu un appel de madame Manon.

MOI: (SHIT, PAS VRAI??): !!!!! . . . . . .

P.-S.: ** À noter que je ne l'ai pas dit tout haut, parce que maman m'aurait bien chicané pour le reste de mes jours... C'est pour cela que je l'ai mis entre (...).

Mais mes yeux doublent de grosseur, alors ça veut dire la même chose...

P.-P.-S.: ** Je vais me trouver une excuse et dire à Joje qu'il faut que j'aide papa à faire je ne sais pas quoi en fin de semaine. Je n'ai même pas besoin de demander à maman si je peux aller chez lui. Je connais déjà la réponse...

Maman: Elle me dit que tu négliges tes études et que tes examens n'ont pas très bien été.

Moi: ...

Papa: ...**

(** Il est vraiment inutile, lui, c'est fatigant.)

Maman: Pourquoi ne nous en as-tu pas parlé avant?

Moi: (Hausse les épaules.)

Papa: ...

Maman: À partir d'aujourd'hui, tu me montreras ton carnet de devoirs et je les vérifierai.

Moi: QUOI? Oh non!!! Come on!!

Papa: ...**

** HEILLE, IL ME GOSSE SOLIDE
AVEC SON SILENCE, LUI.

Maman: Pas de come on!! Tu as onze ans, mais

tu agis comme Tutu!!! S'il faut que je fasse les devoirs avec toi, je les ferai, mais tu vas passer tes prochains contrôles. Compris?

Moi: ...

Papa: ... ✓

P.-S.: ** IL EST MIEUX DE DIRE QUELQUE CHOSE, LUI, CAR IL M'AGRESSE, À RESTER PLANTÉ LÀ COMME UN IDIOT SANS RIEN DIRE...

Maman: Compte-toi chanceux que je sois disponible pour t'aider. Tu ne trouveras pas ça drôle, de faire des cours d'été.

Papa: Maman a raison.

P.-P.-S. : ** IL ÉTAIT TEMPS QU'IL DISE DE QUOI, LUI... MÊME SI CE N'EST PAS GRAND-CHOSE...

Maman: Regarde-moi quand je te parle.

Moi: Ben oui.

Papa: ...

Maman: Et fais attention à la façon dont tu me parles, parce que tu n'es vraiment pas en position de...

** Elle me fait peur, la sorcière,

alors je suis mieux de l'écouter.

Moi: OK.

Maman: Oh. J'ai également demandé à madame Manon comment étaient Max et William, et elle m'a dit que William est le premier de la classe... Max a un peu plus de misère, mais il ne coule pas...

(Han? William est premier de classe???????? Il ne m'avait pas dit ça.)

SOIR **

(Vers 18 h 07, juste avant le souper... de famille)

À: max3875@(secret!!).com
De: lolo4428@(secret!!).com
Savais-tu que William était premier de classe?

De: max3875@(secret!!).com
À: lolo4428@(secret!!).com
Non, mais je sais qu'il a toujours de bonnes notes. J'ai vu qu'il avait eu 94 % en rédaction, et 99 % en dictée.

De: lolo4428@(secret!!).com

À: max3875@(secret!!).com

HAN??? Comment tu peux avoir 94 % en rédaction?????? ça ne se peut pas!!!!! Je n'ai jamais eu plus que... euh, ben... pis... elles sont bonnes, mes histoires, il me semble.

De: max3875@(secret!!).com

À: lolo4428@(secret!!).com

Ouain, moi, je n'ai jamais eu plus que 83 %. Et, en dictée, je n'ai jamais eu plus que 89 %.

OUCH...

Moi, je n'ai jamais eu en haut de 64 %...

De: lolo4428@(secret!!).com

À: max3875@(secret!!).com

Ouain, moi non plus... Faut que j'te laisse.
À demain.

La sorcière a raison. Faudrait que je me mette à étudier un peu plus... je me sens un peu loser, là... Ce n'est pas vraiment cool d'avoir de mauvaises notes... surtout si mes amis en ont de bonnes... Je ne veux pas être le rejet des trois mousquetaires (je suis le plus cool des trois. J'peux pas être le looooser)... Bon, y'est où, mon cahier de français??????

21 avril. (À mon bureau, le nez plongé dans mes livres... SÉRIEUX:

- sans musique;
- sans FaceTime;
- sans collation. ** Juste un verre d'eau.)

Ça fait une semaine que j'étudie un peu (beaucoup) et j'ai reçu ma dictée aujourd'hui... 87%.

MIRACLE!!!!

Je n'ai jamais eu ça de ma vie!!

Moi: MOO-OOOMM!!!!
(C'est le temps de la lui montrer. William nous a invités à passer le week-end à son chalet, la fin de semaine du **7 mai**, Max et moi. Faut **TELLEMENT** qu'elle dise oui...)

Quelques minutes plus tard - après que je lui ai montré ma note...

Maman: Tu vois, quand tu veux, tu peux. Ce n'est pas sorcier...

Moi (POUR MOI, dans ma tête): Hiiiiii, pas pour toi, parce que t'es une sorcière...

Moi: T'as raison.

P.-S.: ** **Je suis mieux de lui donner raison et de l'avoir de mon bord.**

Moi (j'hésite): Mom?
Maman: Quoi, mon trésor?
Moi (elle ne voudra pas, elle ne voudra pas, elle ne voudra pas... je suis mieux d'attendre mon résultat de maths... ** avec deux bonnes notes, je négocierai mieux... elle ne pourra pas refuser...): Euh... qu'est-ce qu'on mange ce soir?
Maman: Qu'est-ce que tu veux me demander?

P.-P.-S.: ** **Elle a des pouvoirs surnaturels, cette femme, c'est sûr.**

Moi: Euh, r-rien, j'te jure (doigts croisés derrière le dos), juste... ce qu'on mange...

P.-P.-P.-S.: ** Elle ne me croit pas... Je le vois dans son visage, qu'elle ne me croit pas du tout.

Maman: Des escalopes de veau au citron avec des pâtes aux œufs.

** Mes préférées!!!!

Maman: Ça va être prêt dans quelques minutes...
Moi: Cool...
Maman: Y a-t-il autre chose dont tu voulais me parler?
Moi: (Incapable de le dire, je secoue la tête pour faire «non».)

P.-P.-P.-P.-S.: ** Elle ne me croit TELLEMENT pas; c'est ÉVIDENT.
Maman: OK, d'abord.

Il faut vraiment que j'aie une bonne note en maths... Je vais garder mes doigts croisés jusqu'à ce que je reçoive ma note.

S'IL VOUS PLAÎT, mon Dieu. Je vais faire **TOUT** ce que vous me demandez. Ste plaît, ste plaît, ste plaît...

FACETIME, LE SOIR (VERS 20 H 16... BEN OUI, BEN OUI, JE FERME LA LUMIÈRE BIENTÔT!).

Joje: Pis?

Moi: Je ne pense pas... Je n'ai pas eu de bonnes notes et la prof a appelé ma mère, alors faut que j'étudie...

Joje: Oh, elle est trop sévère, ta mère...

Moi: Je sais, demande à ta mère de l'appeler et de la convaincre...

Joje: J'aime mieux pas, même ma mère a peur d'elle...

(P.-S.: ** Je ne peux pas la blâmer...)

Moi: En plus, William m'a invité à aller chez lui l'autre fin de semaine, et je ne sais même pas si je peux y aller...

23 avril. (Ça n'a pas d'importance, où je suis... OK. Je suis dans le couloir, en haut. QUOI?? Je ne suis pas en pénitence, aussi bien en profiter!)

Pas reçu ma note. ☹

---

24 avril. (On s'en fout, d'où!!!! Je suis en pénitence et je ne dirai pas pourquoi, parce que je suis trop frustré.)

Pas encore de note. ☹

---

25 avril. 79% en maths!!!! YÉ!!!

** **Je suis tellllement défâché!**

Moi: MOO-OOM!!!!!!!!

Maman (sur un ton très sec): Qu'est-ce qu'il y a?

Moi (elle a l'air TRÈS bizarre): Es-tu de bonne humeur?

Maman: Non. J'ai eu une journée de mer... (elle se reprend) une mauvaise journée. Et puis, j'ai une migraine qui commence. Je dois préparer le souper. Fais ça vite. Qu'est-ce qu'il y a?

Moi: Euh... j'ai eu 79 % dans mon test de maths.

Maman: Tant mieux. Je savais que t'étais capable.

P.-S.: ** Tant mieux?? Ça veut dire quoi, ça??

P.-P.-S.: ** Euh: «Bravo!» «Wow!» «Super!» Ça ne lui tentait pas??

P.-P.-P.-S.: ** Elle n'est pas très enjouée... Et elle se prend la tête. JE SUSPENDS ma mission. Je lui demanderai quand elle ira mieux, sinon elle va dire NON...

Elle sort: ZUT.

À: lolo4428@(secret!!).com

De: willywonka16@(secret!!).com

Pis?? ~~Elle veut-tu?~~ Veut-elle??

À: willywonka16@(secret!!).com

De: lolo4428@(secret!!).com

Euh... elle n'est pas là ce soir. Pas pu lui demander. Demain.

À: lolo4428@(secret!!).com

De: willywonka16@(secret!!).com

Poche. Max peut venir, lui.

ARGH! POURQUOI MA MÈRE EST-ELLE SI SÉVÈRE???

SONT MEILLEURES, MES NOTES, NON???

27 avril. (Près des cases, dans le couloir)

William: Salut.

Moi: Salut.

William: Pis? Viens-tu, finalement?

Moi: Euh... je ne l'ai pas vue hier, elle n'était pas là...

William: Encore? Je pensais qu'elle ne sortait jamais?

Moi: Ben, euh... elle a une semaine chargée au bureau. C'est pour ça.

(J'HAÏS ÇA, MENTIR À MES AMIS...)

SOIR (vers 19 h 19 : vœu)

Moi (À MOI – DANS MA TÊTE): OK. Là, faut que tu le lui demandes... sinon, William et Max vont te trouver loser.

P.-S.: ** Je vais être encore plus loser si elle refuse...

On reçoit nos notes de rédaction demain. Je suis mieux de lui demander ce soir, juste au cas où...

Moi: MOO-OOM!!!!!!!!

Papa (entre dans ma chambre): Qu'est-ce qu'il y a?

Moi: 'Pa?? Elle est où, maman?

Papa: Elle est sortie. Elle t'a dit bye, tu n'as pas entendu? Elle vient de partir.

Moi (merde de merde de merde): Oh... Non, je ne l'ai pas entendue.

Papa: Ce n'est pas grave. Qu'est-ce que tu veux?

P.-S.: ** { Mon père est plus cool, c'est sûr qu'il va dire oui, lui... de toute façon, il ne dit jamais non. Il est, genre, vraiment incapable de dire non. D'ailleurs, j'aurais dû le lui demander avant... je ne sais pas pourquoi je n'y ai pas pensé... }

Moi: William m'a invité à passer la fin de se-maine chez lui, avec Max, à Tremblant. Je peux y aller?

Papa: Non.

Moi: HAN??? Comment ça, tu dis non?

P.-S.: ** Il ne dit JAMAIS non d'habitude. C'est quoi son problème, ce soir???

Papa: Parce qu'on va voir papi et mamie, qui reviennent de je ne sais plus où dans deux jours.

Moi: ENCORE?? Mais on les a vus à Pâques!!

Papa: Oui, et à Noël l'an dernier, et à celui d'avant aussi, tant qu'à faire!! Franchement, Lolo, ce sont tes grands-parents. Tu es chanceux de pouvoir les voir si souvent!

Moi: Je pourrais y aller la semaine d'après?

Papa: Non. Je ne pense pas. Mais on va en parler avec maman demain.

P.-S.: ** Je suis fait, c'est sûr qu'elle ne voudra pas. Elle dit toujours NON.

** On sonne à la porte.

Papa: Ah! C'est la pizza!! Let's go!! Viens manger!!

(Il sort de la chambre **COMME SI DE RIEN N'ÉTAIT**... Je n'ai plus vraiment faim... ben, un peu, quand même... J'adore la pizza... OK, je vais me forcer à manger...)

(Dans ma tête, en descendant les escaliers pour me rendre à la cuisine.)

Depuis quand il dit non, mon père??

Je n'en reviens pas. Il dit **TOUJOURS** oui, habituellement. Entre gars, il me semble qu'on devrait se comprendre??? Hmm... J'ai vraiment hâte de fonder mon pays... Je vais demander à maman demain soir.)

FACETIME. (Vers 20 h 38: je me couche plus tard quand ma mère n'est pas là - **héhé.**)

Joje: As-tu trouvé un nom pour notre pays?
Moi: Pas encore. Tout est déjà pris.
Joje: Je sais, c'est l'enfer.

20 h 47...

À: lolo4428@(secret!!).com
De: willywonka16@(secret!!).com

Pis?

À: willywonka16@(secret!!).com
De: lolo4428@(secret!!).com
Tu ne me croiras pas, mais (euh...) on a des invités ce soir. Je ne le savais pas... C'est (hum) des amis de mes grands-parents, pis ils sont en ville juste pour une journée.

À: lolo4428@(secret!!).com

De: willywonka16@(secret!!).com

Ben là, demande-le-leur quand même.

À: willywonka16@(secret!!).com

De: lolo4428@(secret!!).com

Je ne peux pas. Ils sont tellement énervants, ces gens. Ma mom est stressée ben raide... alors, j'aime mieux ne pas la déranger...

À: lolo4428@(secret!!).com

De: willywonka16@(secret!!).com

OK. Demande-le-leur après le souper, alors, quand les invités seront partis.

À: willywonka16@(secret!!).com

De: lolo4428@(secret!!).com

(Euh...) Je ne peux pas... dans un élan de générosité (ou de pitié), mon père les a invités à coucher... ils vont rester ici pour la nuit. Je suis tellement frustré...

À: lolo4428@(secret!!).com

De: willywonka16@(secret!!).com

OK, d'abord. On va attendre à demain... C'est vraiment poche...

OH! OH! WILLIAM EST DÉÇU, JE PENSE.

20 h 58: soirée occupée...

De: max3875@(secret!!).com

À: lolo4428@(secret!!).com

C'est quoi, l'affaire???? Je ne te crois pas quand tu dis que vous avez des invités. Des amis de tes grands-parents??? Come on!!!

De: lolo4428@(secret!!).com

À: max3875@(secret!!).com

Ben là!!! Tu ne me crois pas?? Ça m'insulte vraiment, que tu penses que je te ~~ments~~ mens.

De: max3875@(secret!!).com

À: lolo4428@(secret!!).com

Je te connais, Lolo, t'es toujours gêné de demander des choses à tes parents, surtout à ta mère, et là tu cherches des excuses. Ce qui va arriver, c'est que tu vas le lui demander à la dernière minute et elle va te dire «non» et tu vas être fâché. Peux-tu juste le lui demander et arrêter de jouer l'enfant martyr??

(À MOI-MÊME: HAN? C'EST QUOI LE RAPPORT DE L'ENFANT MARTYR??)

Sinon, je vais appeler chez vous et je vais le lui demander moi-même.

COMPRIS????

De: lolo4428@(secret!!).com
À: max3875@(secret!!).com

OK, OK. Mais ma mère n'est pas là ce soir, et j'ai déjà demandé à mon père, mais il a dit non. Je vais attendre que ma mère revienne...

De: max3875@(secret!!).com
À: lolo4428@(secret!!).com

HAN??? Ton père a dit NON??? Depuis quand il dit non, lui?? J'ai de la difficulté à te croire... mais là, je sais que tu me dis la vérité. Je me croise les doigts pour que ta mère ait un moment d'égarement et qu'elle dise oui...

De: lolo4428@(secret!!).com
À: max3875@(secret!!).com

Ouain. Je me croise les doigts *ET* les orteils... Jure-moi que tu ne le diras pas à William. S'te plaît. Je me sens déjà assez loser de même. Je sais comment le lui demander pour qu'elle dise oui, j'attends juste le bon moment...

De: max3875@(secret!!).com

À: lolo4428@(secret!!).com

Je n'en reviens pas que ton père ait dit non...

De: lolo4428@(secret!!).com

À: max3875@(secret!!).com

Je pense qu'il est tombé sur la tête. Je vais le demander à ma mère demain, sans faute. Est-ce qu'on reçoit la note de rédaction demain?

De: max3875@(secret!!).com

À: lolo4428@(secret!!).com

Je ne sais pas. On s'en fout. C'est le week-end qui compte... Come on, t'es D'Artagnan!!! ~~Convaint convaincl~~ **Convaincs-la!!!!!**

De: lolo4428@(secret!!).com

À: max3875@(secret!!).com

D'Artagnan? Je pensais qu'on ne jouait plus à changer nos noms, que c'était trop compliqué? En plus, tu disais que tu voulais être D'Artagnan... Je suis tout mélangé... On en parle demain.

23 h 26. (J'étais couché, mais fallait que j'écrive, juste pour ne pas oublier.)

Maudit... Je ne vais pas dormir de la nuit... Faut qu'elle dise oui. Je vais prier toute la nuit... S'te plaît, mon Dieu, s'te plaît... Faut qu'elle dise oui.

28 avril. (Je niaise un peu dans le corridor; dès que le courage passe, j'en prends un peu et j'entre dans la cuisine...)

Parce qu'il faut toujours que je prenne mon courage à deux mains quand je veux parler à ma mère...

** UNE FOIS BIEN MOTIVÉ, J'ENTRE DANS LA CUISINE...

Moi: ça sent bon!

P.-S.: ** Elle me regarde comme si elle ne me croyait pas... Elle sait que je vais lui demander une faveur... Elle me fait capoter...

Je regarde un peu ce qu'elle fait... Elle coupe juste des légumes... J'en prends un quand même... Faut bien faire passer le temps...

(** En mangeant des carottes, même si
je préfère le céleri.)

Moi: Hmm...
Maman: C'est rare que tu dises ça en
mangeant des carottes. Qu'est-ce qui se passe?
Moi: Rien.

Maman me regarde et je sais qu'elle sait
que je mens... Bien sûr, c'est une sorcière...

P.-S.: ** Il me semble que le silence dure une
éternité. Il faut que je dise quelque chose...

Moi: Euh... Mamie et papi arrivent samedi.
Maman: Oui! Tu dois avoir hâte de les voir?
De savoir s'ils ont fait un beau voyage?

** Me rappelle plus où ils sont partis... je pense
que c'est en Inde... Pas sûr... Peu importe...

Moi: Ouais... (en fait, c'est NON, mais je dois tout
de même rester poli envers les personnes âgées.)

(LONGUE PAUSE QUI SEMBLE DURER DEUX SEMAINES...)

Maman: Tu n'as pas l'air convaincu.

Moi: Ben... (OK, j'y vais, je suis capable...) C'est plate, parce que William m'a invité chez lui pour le week-end et Max y va aussi. On serait ensemble tous les trois pendant deux jours... Je veux vraiment y aller, mais je comprends qu'il faut aller voir papi et mamie... Mais ça aurait été vraiment cool...

(Dans ma tête.) **DIS OUI, S'IL TE PLAÎT!!!!!!**

Maman: Bof, ils comprendront sûrement que tu n'y sois pas.

Elle me fait un clin d'œil, ce qui veut dire qu'elle est d'accord. Mais, comme elle aime me jouer des tours, parfois, je ne sais pas trop si j'y vais vraiment, alors je ne m'excite pas trop vite, mais mon cœur bat cent coups à la minute.

Moi: Han? Tu me niaises??

Maman: À moins que tu ne veuilles pas y aller?

Moi: Es-tu malade!!!!!

Maman: Et puis, la rédaction?

**{Elle a un gros sourire en me posant
la question.}**

Moi: Euh...

**{Oh, zut, elle va changer d'idée, c'est sûr...
Aargh, j'aurais dû me forcer encore plus...}**

Maman: Euh, t'as eu combien?

Moi: Tu vas être fâchée.

{OH! OH! BYE-BYE, LE SOURIRE...}

Maman: Combien?

Moi: (Je lui montre le 73 %.)

Maman: **73%???** BRAVO, c'est ta meilleure
note de rédaction depuis le début de l'année...

Soudainement, tous les muscles de mon corps se
~~relâches~~ relâchent.

Moi: Ouain, mais c'est pas ben bon.

Maman: C'est une grosse augmentation! Tu ne

dois pas regarder que ta note, Lolo, tu dois regarder l'amélioration!! T'as toujours entre 50 et 62.

MOI: EUH, ENTRE 50 ET 63!

Maman: 73%, c'est une belle augmentation, c'est ça qui compte!!! Je suis fière de toi, continue!

Elle sort. Je suis mélangé. Elle est trop bizarre, cette femme. Mais tant mieux si elle est contente!!!

YIPPEEE!!!! JE VAIS CHEZ WILLIAM!!!!!

À: willywonka16@(secret!!).com
Cc: max3875@(secret!!).com
De:lolo4428@(secret!!).com
Salut!
MA MÈRE A DIT OUI!!!!! YESSSSSSSS!!!!
Les trois mousquetaires ensemble pour la fin de semaine!!!!

18 h 12

Je descends souper. Je remonte. Pas de réponse. Ni de Max ni de William. J'attends quinze minutes.

19 h 25

Toujours pas de nouvelles. Je prends le téléphone.

Max: Allô?
Moi: Salut, Max.
Max: Salut, Lolo.
Moi: Imagine-toi donc que ma mère veut que j'aille chez William en fin de semaine.
Max: Cool. Heille, faut que je te laisse, on se reparle demain.

(CLIC) il raccroche.

COOL???????

Il pourrait être plus content. Moi, j'aurais dit:

YEAH!!! SUPER COOOOLL!!!!!

Je vais appeler William. Il va sauter de joie, lui, au moins. Pas comme Max.

William (genre, la bouche pleine): **Allô?**
Moi: Salut. ça va?
William (bouche pleine??): Hmm...

IL N'AVALE JAMAIS OU QUOI????

Moi: As-tu vu mon email?
William: Oh, oui, je n'ai pas eu le temps de répondre. Cool.

Moi: Oui, je suis content. Je pensais à ça, on devrait...

William (il m'interrompt!!!!): Faut que j'y aille. On se parle demain.

Moi: OK.

William: OK. Salut.

(CLIC) il raccroche.

HAN?? DEPUIS QUAND IL NE PEUT PAS PARLER, LUI??? IL EST TOUJOURS TOUT SEUL ET IL SE CHERCHE DES CHOSES À FAIRE LE SOIR...

Ouain, ben ce n'est pas vraiment la réaction à laquelle je m'attendais... Peut-être que je l'ai dérangé durant son souper??

** SOUPER PLATE AVEC SA GARDIENNE QUI NE PARLE PAS SA LANGUE??

On verra demain.

Je me couche un peu déçu... mais heureux d'aller au chalet... ☺

---

28 avril. (Dans le couloir au sous-sol, près des cases)

(J'arrive à la case de Max.)

Moi: Heille, c'est quoi, l'affaire? T'as pas l'air content que j'aille chez William.

Max: Pourquoi tu dis ça?

Moi: Ben, hier, quand je t'ai appelé...

Max: J'étais en train de me faire chicaner par ma mère...

Moi: Comment ça?

Max: J'ai eu une mauvaise note en rédaction. Ma pire note de l'année.

Moi: Combien?

Max: 74%.

(OUCH!!!!)

Moi: Ouain...

Max: Je sais, je me trouve tellement loser. Heille, ne dis pas ma note à personne, s'il te plaît, OK?

Moi: No-non, inquiète-toi pas...

(Si lui, y'est loser avec 74 %, moi je dois être un **double loser** avec 73 %... Faut vraiment que je m'y mette encore plus...)

** William arrive à ce moment...

Moi: Salut, William.

William: Salut, Max.

Max: Salut, William.

Moi: Heille, hier soir, tu faisais quoi quand je t'ai appelé?

William: Pas grand-chose, pourquoi?

Moi: Ben, euh... Rien. Pour savoir.

(LONGUE PAUSE.)

** Je dois avouer que sa réponse me chicote...

Moi: Tu ne faisais vraiment rien?

William: Pense pas... M'en souviens plus...

Moi: Ah bon...

William: Mais c'est vraiment cool que tu viennes en fin de semaine. Je suis super excité!!

Moi: Cool. Moi aussi! Heille, on devrait se faire un genre d'itinéraire.

Max: Itinéraire?

Moi: Ben, je veux dire une liste de choses à faire...

Max: Genre un ordre du jour?

Moi: C'est ça, oui. Je m'en occupe et je vous l'envoie ce soir, OK?

William: Heille, Justine s'en vient par ici.

Max: Viens, Will, on va laisser Lolo seul...

(Ils aiment ça, me baver avec Justine... pas grave.
C'est cool. Ils partent...)

Justine (arrive près de moi): Salut!
Moi: Heille! Salut! Je ne t'avais pas vue!

P.-S.: ** MENTEUR.

Justine: ça va?
Moi: Oui, toi?
Justine: Oui...
Moi: ...
Justine: ...
Moi: ...
Justine: Tu vas chez William en fin de semaine?
Moi: Qui t'a dit ça?
Justine: Ma sœur. C'est ta sœur qui le lui a dit.
Moi: Ah?... Oui, Max et moi. ça va être cool...
Justine: Cool...
Moi: Cool.

(LA CLOCHE SONNE...)

Moi: Oh! Faut y aller!
Justine: On marche ensemble?
Moi: OK.

{Oh boy... J'espère que Lulu n'a pas dit des conneries à Charlotte... Elle en serait bien capable... mais je sais que ça serait malgré elle, car elle est très fine, celle-là.}

13 h 08 - 14 h 08 - 14 h 38 - 14 h 48 - 15 h 08 - 15 h 28
(J'avoue que c'est bizarre qu'il y ait toujours un 8, mais c'est comme ça...)

BREF: J'ai tapé du pied tout l'après-midi...

P.-S.: ** Je me demande de quoi Lulu parle avec Charlotte...

Après l'école**...

** Dès la sortie à 15 h 35.

P.-S.: ** JE DEMANDE À LULU CE QU'ELLE A DIT À CHARLOTTE.

Lulu: Pas grand-chose.

Moi: Pas grand-chose comme quoi, mettons?

Lulu: Justine aussi, elle trippe sur toi!!!

Moi: QUOI??????? Pourquoi tu dis ça?

Lulu: Parce que Charlotte me l'a dit.

Moi: Comment ça, elle t'a dit ça?

Lulu: Parce que je lui ai dit que tu trippais sur elle.

Moi: QUOI!?????????

Maman arrive, qui vient nous chercher... Mauvais timing...

(Lulu est fière, moi je capote et je sue de partout. Même d'endroits où je ne pensais pas qu'on produisait de la sueur. Sérieux.)

À la maison, je me dirige vers la chambre de Lulu.

MOi: Dis-moi que ce n'est pas vrai, s'te plaît, dis-moi que tu n'as pas fait ça!!
Lulu: Pourquoi? Je voulais te rendre service!
MOi: Me rendre service??? Tu peux me rendre service en te mêlant de tes affaires!!!

Lulu {me regarde, les yeux pleins d'eau, puis...}:

MAAA-MAAAAANNNN!!!!!!!!

MOi: Oh, laisse faire...

Ce n'est pas le temps de me faire punir et que ma mère m'empêche d'aller au chalet de William.

MOi: C'est correct. Mais, la prochaine fois, j'aimerais mieux garder ça pour moi. OK?
Lulu: Je m'excuse, je voulais juste être gentille,

parce que je sais que t'es gêné... T'es mon grand frère, et je veux que tu sois content...

** Elle est quand même attachante, cette petite sangsue.

Moi: Viens ici, ma petite sœur.

(Je me penche pour la prendre dans mes bras et elle me saute au cou.)

Lulu: T'es le meilleur grand frère au monde!!!

Puis, elle sort de ma chambre... Je fulmine... mais, dans le fond, je suis content de savoir que Justine, ben, elle trippe peut-être sur moi... Ça doit être pour ça qu'elle est venue me parler aujourd'hui... Cool... j'ai genre, comme, une blonde...

Je m'assois et ~~fait~~ fais ma liste... Euh, ben, l'ordre du jour...

À: willywonka16@(secret!!).com
Cc: max3875@(secret!!).com
De: lolo4428@(secret!!).com
Salut à vous deux!
Voici la liste de ce que je pense qu'on devrait faire. Dites-moi si c'est correct...

CHOSES À FAIRE CHEZ WILLIAM:

> • Écouter de la musique heavy metal.
> Surtout **AC/DC**, c'est trop méga hot.
> (Ma mère n'aime pas ça quand j'en écoute...)
> Mais j'aime aussi **Metallica** et **Megadeth**, mais
> pas toutes leurs chansons... juste, genre,
> quelques-unes... mais pas trop quand
> même...
> • Manger du popcorn avec des M&M's
> ** Pour William!
> • Définir le club des trois mousquetaires.
> ** **Faut trouver notre nom de pays!**
> • Regarder **PSYCHO** et
> **AMITYVILLE**.
> • Manger du popcorn avec des M&M's,
> encore... ** Toujours pour William!

Quelques minutes plus tard...

À: lolo4428@(secret!!).com
Cc: willywonka16@(secret!!).com
De:max3875@(secret!!).com

Pas pire. On pourrait-tu regarder les
HARRY POTTER à la
place? J'ai vu les cinq premiers, mais ça ne me

dérange pas de les revoir... Et c'est vraiment cool, la magie... on devrait être des sorciers au lieu de mousquetaires. Qu'est-ce que vous en pensez?

À: lolo4428@(secret!!).com
Cc: max3875@(secret!!).com
De: willywonka16@(secret!!).com

OK pour moi. Mais comment peut-on devenir des sorciers? On ne sait pas vraiment comment... Pis, la magie, ça n'existe pas!

À: lolo4428@(secret!!).com
Cc: willywonka16@(secret!!).com
De: max3875@(secret!!).com

Ben non!! On va faire semblant!!! C'est cool, non? On pourrait se fabriquer des baguettes magiques.

À: willywonka16@(secret!!).com
Cc: max3875@(secret!!).com
De: lolo4428@(secret!!).com

Ce n'est pas un peu loser de faire semblant?

À: lolo4428@(secret!!).com
Cc: max3875@(secret!!).com
De: willywonka16@(secret!!).com

On en parlera en fin de semaine. On va décider. Mais, si tu veux, Max, je les ai tous, les

HARRY POTTER. On

pourrait les regarder?

À: willywonka16@(secret!!).com
Cc: max3875@(secret!!).com
De: lolo4428@(secret!!).com

J'ai vu les deux premiers. On peut commencer
au numéro trois?
C'est lequel, déjà?

À: lolo4428@(secret!!).com
Cc: willywonka16@(secret!!).com
De: max3875@(secret!!).com

C'est **HARRY POTTER ET LE PRISONNIER D'AZKABAN**.

À: lolo4428@(secret!!).com
Cc: max3875@(secret!!).com
De: willywonka16@(secret!!).com

Ah oui! Je l'aime, lui, il est vraiment bon!!!

À: willywonka16@(secret!!).com
Cc: max3875@(secret!!).com
De: lolo4428@(secret!!).com

OK. Salut.

{J'espère que ça ne recommencera pas comme avec Tommy et son obsession pour **H A R R Y P O T T E R**... J'aime ça, moi aussi, mais je trouve ça plus cool, les trois mousquetaires.}

Je me couche en pensant à Justine... Et au chalet de William...

✓ ✓ ✓ ✓ ✓ ✓ ✓ ✓ ✓ ✓ ✓ ✓ ✓ ✓

29 avril. École = plate. Même si madame Manon est vraiment cool.

La journée n'a pas passé vite...

J'ai tro0000p hâte à ce soir.

On part pour Tremblant avec la mère de William. Son père travaille, alors il va nous rejoindre plus tard...

P.-S.: ** Trop cool, on arrête au St-Hubert à Sainte-Agathe (je pense). On peut manger comme des cochons... **

En arrivant au chalet, je sors la liste pour qu'on décide ce qu'on fait en fin de semaine. La météo annonce de la pluie demain toute la journée...

Cool, on va pouvoir jouer au ping-pong et à la «machine à boules»... on va organiser un tournoi... *ET ON VA BOIRE DU CHOCOLAT CHAUD AVEC DES GUIMAUVES.* J'adore le chalet de William... Puis, on va regarder des films... et surtout préparer notre pays!!

30 avril. (Dans le sous-sol, avec toutes les super machines qu'on ne peut pas utiliser...) ☹

OK. Un peu poche. Y a pas d'électricité dans la maison, car il y a une méga tempête de pluie... On ne sait pas quand ça va revenir, alors la mère de William pense à retourner à Montréal... Mais on lui a dit que ça ne nous dérangeait pas et qu'on ferait autre chose...

(Mais pas de «machine à boules», pas de chocolat chaud, pas de popcorn, pas de films...)

On va donc en profiter pour définir notre club des trois mousquetaires...

OK. Voici ce qu'on fera dans notre club:

1- On promet de tout se dire. Aucun secret.

Même si on embrasse une fille... Pas que ça me tente...

2- Ne divulguer nos secrets à personne d'autre qu'aux mousquetaires.

3- Nous aider dans nos travaux d'école (très bon pour moi).

4- Venir en aide aux gens que Kevin écœure.

5- Tenter de pratiquer nos activités tous les trois ensemble. Si possible.

6- William suggère: Quand on se voit, on peut apporter des sucreries que nos mères ont faites...

7- Ignorer Mémé quand elle nous parle.

8- À déterminer.

9- À déterminer.

10- Lire le livre **LES TROIS MOUSQUETAIRES** d'Alexandre Dumas**.

** Ça a l'air qu'il est long, alors on va se le diviser en trois parties qu'on va se raconter... Moi, j'ai pris le milieu.

11- Organiser une fin de semaine de camping au chalet de William cet été. (Dans la cour.)

12- William =

13- Max =

14- Moi = D'Artagnan... ou pas... Je déciderai quand j'aurai lu le livre... En fait, une partie du livre...

P.-S.: ** Je serai sûrement D'Artagnan, c'est, comme, le boss des trois... Ben, des quatre.

— — — — — —

4 mai. Grosse fin de semaine avec les gars.

P.-S.: ** Je n'ai pas trop eu le temps d'écrire...

On cherche toujours un nom de pays... C'est débile, on n'est pas capables de trouver quelque chose d'original...

** Imagine tous ces pays dans le monde, sur quoi ils se sont basés pour trouver leur nom????

De retour à la maison dimanche soir, c'était comme d'habitude. Mémé chialait parce qu'elle a cassé avec Simon, **ENCORE** une fois... Et les sangsues de jumeaux m'ont posé deux ~~milles~~ mille questions sur ce que j'avais fait avec mes amis (là-dessus, ils m'ont posé au moins vingt fois les mêmes questions)... Ils sont **VRAIMENT** fatigants, ceux-là...

Le lendemain... Justine m'a demandé si j'avais fini mon devoir de français.

(????)

J'avais oublié qu'on avait un oral à préparer**.

** Zut.

Je lui ai dit que oui, je l'avais fait. Mais, quand elle m'a demandé sur quoi j'avais travaillé... elle m'a pris par surprise... Alors, j'ai dit...
Moi: Ben... **LES TROIS MOUSQUETAIRES.**
Justine: **LES TROIS MOUSQUETAIRES**?

Moi: Ouain, c'est un livre d'Alexandre Dumas, avec D'Artagnan. Tu ne connais pas ça?
Justine: Oui, oui, je le connais, je l'ai lu trois fois! Et D'Artagnan est mon préféré!!
Moi: Cool...

NOTE À MOI-MÊME: ** C'est certain que je serai D'Artagnan... non négociable...

Elle est chanceuse de l'avoir lu souvent...
Je vais être obligé de me le taper **POUR DE VRAI**,
maintenant... J'avais complètement oublié ce
maudit oral-là...

JE SUIS MIEUX DE M'Y METTRE...

7 mai. (Écrasé sur le sofa du salon)

Wow, c'est vraiment bon jusqu'à maintenant,
LES TROIS MOUSQUETAIRES!! Bien meilleur que
je ne le pensais. Ça se lit quand même vite... Je
suis rendu à la page 18 et je n'ai presque pas
le goût de sauter des pages... Tant mieux. Dire
que ça fait longtemps que ça a été écrit!

**Aujourd'hui, en après-midi (à l'école).
Pas d'horloge, mais il devait être environ
12 h 38, parce que c'était pendant la
pause du midi... dans les toilettes...**

**Kevin + con n° 1 + con n° 2 + con n° 3 me
suivent à l'intérieur. Kevin tente de me
faire peur, mais je lui réponds...**

Moi: Si tu penses que tu me fais peur... Fais attention, parce que je vais aller me plaindre à madame Sylvie...

Kevin: Essaie donc, pour voir.

TROIS CONS: Ouais, essaie donc, pour voir...

P.-S.: ** JE TREMBLE, MAIS IL NE FAUT PAS QUE ÇA PARAISSE.

Moi: Ne me pousse pas là, parce que tu es **OUT**. Et tu sais ce que ça veut dire...

Kevin: Fais attention, avec tes menaces.

Moi: Oh! Moi, je n'ai pas le droit de t'en faire, mais toi, par exemple, tu peux nous menacer tant que tu veux, c'est ça?

Il me regarde sans rien dire, comme un **IMBÉCILE**.

À noter: ** **c'est** un imbécile.

Moi: Fais attention à comment tu traites le monde... Tu ne me fais pas peur. T'es rien qu'un p'tit con. Et t'as rien de mieux à faire que de penser que tu fais peur aux autres en les intimidant. Mais tu ne nous fais pas peur.

PAS DU TOUT.

P.-S.: ** MENTEUR!!

Il me fixe toujours sans parler. Je suis
D'ARTAGNAN, personne ne me fait peur... sauf
peut-être lui. Mais je reste ferme, et ma voix est
franche, et je me suis rapproché à deux pouces
de son nez. Je le sens mal à l'aise (et j'aime ça!).

Oh boy...

(Mes jambes vont lâcher, et j'ai la bouche sèche... Je veux partir,
comme pour faire semblant que le sujet est clos, mais je suis dos
à Kevin + c n° 1 + c n° 2 + c n° 3... J'espère qu'ils ne me sauteront
pas dessus...)

P.-S.: ** Mais là, comme par magie, William et
Max entrent dans les toilettes...

(Au moment où je sors = bon timing.)

En voyant ma face, ils savent que quelque
chose ne va pas...

William: Y a-t-il un problème, ici?

P.-S.: ** Quand William se croise les bras, ce n'est pas bon signe...

Je me retourne vers Kevin et ses trois cons.

Moi: Je ne sais pas. (À Kevin.) Y a-t-il un problème**?

** OK, je dois avouer que mon ton est un peu baveux... Maintenant que William et Max sont là, on dirait que je viens de grandir de quelques pouces...

Kevin et ses cons se contentent d'un petit NON de la tête. William reste planté là pendant quelques secondes... Il est vraiment imposant; même moi, je suis mal à l'aise pour Kevin...

FINALEMENT, WILLIAM DIT...

William: Venez, les gars, on va aller profiter de la belle journée dehors.   Et on sort!!

** Comme je sais que personne ne lira jamais ce carnet, je me permets un commentaire que je ne répéterai JAMAIS à personne... Pas même aux mousquetaires...

J'ai failli, ben... faire dans mes culottes, tellement j'ai eu peur... Je suis content que William soit arrivé. Je serais sorti de toute façon,
mais mettons que j'étais soulagé de savoir que
j'avais du renfort... C'est ça, des mousquetaires.

«UN POUR TOUS, ET TOUS POUR UN!!»

** C'est leur devise **(c'est Joje qui me l'a dit, car il a lu
souvent le livre)**... Si tu ne comprends pas ce que ça
veut dire, demande à un de tes parents, ou à ton
professeur... ou à mon cousin. Il connaît tout,
lui...

PLUS TARD (Dans l'auto en revenant
à la maison, 15 h 44)

J'ai traité ma mère de maudite
conne. Je ne sais pas ce qui m'a pris, c'est sorti
tout seul...   AYOYE.

Je suis dans ma chambre, il est 15 h 52 - 15h53
- 15 h 54 - 15 h 55 (demi-vœu) - 15 h 56 -
15 h 57... mais ça ne passe pas aussi vite que ça
en l'air quand on le lit... Maman entre. Je me

redresse. Je sais que j'ai eu tort, aussi bien m'excuser tout de suite et en finir...

Moi: Je m'excuse.

Maman: Te rends-tu compte de ce que tu m'as dit?

Moi: Je sais, je m'excuse. Je ne voulais pas dire ça.

Maman: Tu vas réfléchir dans ta chambre cet après-midi.

(JE SURSAUTE.)

Moi: Quoi? Mais je dois aller jouer chez Max tantôt!! (P.-S.: ** Parce qu'on est vendredi.)

Maman: Tu y penseras la prochaine fois avant de me traiter de maudite conne. C'est vraiment insultant, quand moi, je te donne tout... sans parler de ton langage...

Moi: Ben, je me suis excusé!! Ça ne compte pas, ça?

Maman: Bien sûr que ça compte!

Moi: ... (J'attends la suite.)

Maman: Alors, je m'excuse, moi aussi.

(JE FRONCE LES SOURCILS, PAS TROP SÛR.)

Moi: Pourquoi?

Maman: Parce que je t'empêche d'aller chez ton ami.

Sur ce, elle se lève sans en dire plus et sort de ma chambre. Je suis sous le choc. Je n'ai même pas le temps de réagir qu'elle revient.

Maman: En passant, c'est moi qui vais appeler chez Max pour dire que tu n'iras pas. Pas de téléphone ni d'ordi pour tout l'après-midi.

Moi: Argh!! Tu n'es pas cool!

Maman: Non, je ne le suis pas, surtout pas quand je me fais traiter de maudite conne... Et tu n'auras pas ta paie cette semaine.

** En plus, je vois Tutu la sangsue dans le *&&?%%$$ de cadre de porte. Il ne peut pas se mêler de ses affaires, lui?? Il m'agresse solide.

{Bam! Elle claque la porte... Ben, en tout cas, elle la ferme pas mal fort.}

Pas grand-chose à faire cet après-midi... À part

écrire dans mon carnet... **OU BIEN TROUVER UN FOUTU NOM DE PAYS**... Mais j'ai dit tout ce que j'avais à dire. À part que c'est vraiment humiliant que mes amis sachent que je ne suis pas chez Max parce que je suis en pénitence...

P.-S.: ** J'espère que ma mère n'a pas dit à la mère de Max pourquoi je suis en pénitence...

P.-P.-S.: ** C'est sûr qu'elle lui a dit...

P.-P.-P.-S.: ** Au moins, ça va me permettre de me mettre à jour dans mes histoires (i.e. mon carnet).

Je vais quand même leur dire que c'est parce que je me suis battu avec Mémé ou quelque chose comme ça... ou bien, s'ils ne savent pas que je suis en pénitence, je leur dirai que j'ai dû aider mon père à faire?... À faire quoi?

- Les jumeaux m'ont peinturé en mauve (impossible: on n'a pas de peinture mauve chez nous. En bleu?).
- Mémé m'a cassé le bras (non, faudrait que je porte un faux plâtre pendant un mois).

• J'ai dû couper du bois avec mon père
(euh, tellement pas rapport: on n'a pas de
scie électrique ni de hache. Par chance!!).

** C'est généralement facile d'inventer des histoires quand on a des p'tits morveux de jumeaux
dans la maison...

Environ une heure et quelques après,

ça cogne à la porte.

Moi (fâché): C'est qui?
Lulu: Lulu...

**(Elle ouvre la porte... Elle a une assiette avec des biscuits
soda et du fromage... et un verre d'eau.)**

Lulu: Je t'ai apporté une petite collation.
Moi: C'est maman qui t'a dit de venir?
Lulu: Non, et ne lui dis pas, parce que je ne
veux pas me faire chicaner.

OK, PAS SI MORVEUSE, CELLE-LA.

Moi: Merci, ma Lulu. Viens t'asseoir avec moi.
Lulu (méga sourire): Qu'est-ce que tu faisais?

Moi: Je comptais les craques dans le plafond.

Lulu: ???

Moi (je souris): Ben non. C'est une façon de dire que je ne fais rien.

Lulu: Comment ça va, ton clan des trois mousquetaires?

Moi (surpris): Han? Comment tu sais ça, toi?

Lulu: (Hausse les épaules.)

Moi: Lulu?

Lulu: Ben, j'ai comme entendu l'autre jour, quand t'en parlais avec William.

... et que tu m'espionnais du couloir? – Mais je ne dis rien...

Moi: Ptite coquine, toi!

Je lui frotte les cheveux, elle rigole.

Lulu: Justine, elle trouve ça cool, ton clan des trois mousquetaires.

Là, je deviens raide comme un piquet.

Moi: QUOI??????? T'as parlé de ça à sa sœur???????

Lulu: C'est-tu grave?

Moi: Lulu, je t'avais demandé de ne pas parler de ces choses-là avec Charlotte!!

Lulu: Excuse-moi, je pensais bien faire.

(Comme d'habitude. Elle pense toujours bien faire et, comme d'habitude, je lui pardonne parce qu'elle est trop mignonne.)

Moi: À cause de toi, Justine va tout savoir sur moi!

Lulu: C'est pas correct?

Moi: Ben... moi, je ne sais pas grand-chose sur elle.

Lulu: Moi, oui. C'est pour ça que je suis venue te voir!

OH... ma petite sœur qui devient mon alliée?? Elle devrait être le quatrième mousquetaire, celle-là. Je vais tenter de faire passer sa candidature au conseil. Elle n'a l'air de rien comme ça, mais elle pourrait devenir notre espion... plutôt notre espionne...

Mais j'aimerais quand même mieux que ce soit Joje... On pourrait être cinq?? Ben non, ça n'a pas de sens... Je sais ce que je vais faire... Je vais lui donner un titre fictif dans mon pays **.

** Genre faux-ministre des Communications ou de l'Information. C'est ce qu'elle fait, non? Et, de toute façon, ils font ça dans la vraie vie, les politiciens, donner des postes pas rapport à leurs amis.

Comme ça, elle va se sentir importante, et elle va continuer de me donner de l'information sur Justine...

Je me rapproche de ma sœur, qui est maintenant assise sur mon lit.

Moi: Ah oui?...

Lulu (approuve de la tête fièrement): Oui, monsieur! Justine, elle a un journal intime dans lequel elle écrit plein d'affaires. Elle parle toujours de toi et elle te trouve cute. Et drôle, même si t'as déjà pété en classe!

(JE ROUGIS COMME UNE TOMATE ET LA TÊTE VEUT M'EXPLOSER...)

Je le savais, qu'elle m'avait entendu... Mais là, non seulement elle m'a entendu, mais elle en a sûrement parlé à sa sœur et à je ne sais qui d'autre...

Puis...

... à toutes ses amies... Oh, elles doivent rire de moi chaque fois qu'elles me voient... je veux mourir.

Lulu: Elle se demande si tu l'as déjà entendue péter, elle aussi, en classe...

Moi (je ~~m'assois~~ m'assois sur le lit): Han? Elle a fait ça?? T'es pas sérieuse?? Je n'en reviens pas qu'elle ait fait ça, c'est quand même spécial, non?

P.-S.: ** Lulu me regarde avec de gros points d'interrogation dans le visage...

Lulu: Ben là, ça arrive à tout le monde de péter!!

Moi: Je sais, mais... Justine...

Lulu: Quoi, Justine? Elle pète, puis... ben, elle fait des numéros **deux** elle aussi, tu sais, comme le pape, sauf que lui, s'il est comme papa, ça doit puer longtemps!!

J'ÉCLATE DE RIRE!!

Moi: T'es drôle, toi.

Lulu: Je le sais!! Pis je suis cute, aussi!

Moi (je lui frotte les cheveux): Oui, pas mal cute!!

C'est une sangsue, mais elle est attachante, quand même... Mais des fois elle est ~~fatiguante~~ fatigante et énervante, genre quand mes amis sont ici. Mais c'est cool d'apprendre des affaires sur Justine... C'est assurément un pensez-y-bien, d'avoir Lulu dans mon futur conseil des faux-ministres...

Moi: Y a-t-il autre chose que je devrais savoir sur Justine?

(LE VISAGE DE LULU S'ILLUMINE.)

** On sursaute tous les deux quand la porte s'ouvre et que ma mère entre. ** Je remarque ses yeux...

OH! Oh!...

Maman (à Lulu): Qu'est-ce que tu fais là, toi?

Lulu: Je suis venue porter une collation à mon grand frère.

Maman: Il est en pénitence. Il mangera plus tard.

(Je prends une bouchée bien vite - oh, **puis une autre** - avant que maman ne m'enlève l'assiette.)

Maman: Allez!

Lulu me regarde sans savoir quoi dire. Je lui ~~fait~~ fais un petit clin d'œil qui veut dire **MERCI** et elle me sourit avant de sortir de ma ~~chambre~~ chambre.

Ma mère me jette un regard désapprobateur. Elle est vraiment fâchée... Franchement, ce n'est quand même pas de ma faute si ma sœur est venue me voir! Je n'allais pas la mettre dehors. Elle s'est forcée pour me faire une petite collation. Ça n'aurait pas été gentil de ma part de ne pas la manger, non?

** Je m'abstiens de commentaire. Je suis assez dans le trouble comme ça.

De toute façon, ma mère n'est jamais contente de rien. Elle me tape vraiment sur les nerfs, et je pense que je vais lui donner le traitement du silence pour quelques jours... Tant pis pour elle...

Il y a quand même des limites...

JE VAIS L'IGNORER PENDANT DEUX JOURS, ON VERRA BIEN COMMENT ELLE SE SENTIRA. **AH!**

Plus tard... 18 h 12.

{ Genre quinze minutes avant le souper... Ben, dix-huit minutes. **}**

ça cogne à ma porte. Mais, avant même que j'aie le temps de demander «**Qui est là**», ma mère entre. Je baisse les yeux.

Mom: ça va être l'heure de souper. Penses-tu que tu as assez réfléchi?

Je ne la regarde pas. Je fais semblant de lire un livre... plate. **TRAITEMENT DU SILENCE.** Je suis en mission. Et je tiendrai mon bout. Oh que oui!!

Mom: Je te parle, peux-tu me répondre, s'il te plaît?

Je ne lève pas les yeux, mais je hausse les épaules... *(TIENS, TOI, LE TRAITEMENT DU SILENCE.)*

Mom: Bon, si tu ne me réponds pas, c'est que tu dois encore réfléchir. Tu peux te mettre en pyjama et te coucher maintenant.

NOTE TRÈS IMPORTANTE:

** Mon ventre GARGOUILLE et mes papilles gustatives se font aller à l'idée de manger...

- je ne sais pas quoi, mais ça sent VRAIMENT bon...
- je dirais même plus que d'habitude...
- arrrgh, ça le fait exprès...

Je n'ai comme PAS LE CHOIX de répondre. Le traitement du silence devra attendre à... au souper.

P.-S. ** C'est ça. Je ne lui parlerai pas du tout pendant le souper. Tant pis... Mais là, il faut absolument que je réponde, car elle ne cédera pas, je la connais, et je vais passer la soirée dans ma chambre... ** **SANS MANGER**.

Au moment où elle se retourne pour sortir, je dépose le livre que je faisais semblant de lire et je m'écrie (en tout cas, c'est sorti plus fort que je ne l'aurais voulu...):

Moi: Mom, je m'excuse. Je ne veux pas que tu ~~soit~~ sois fâchée.

Mom: Je ne suis pas fâchée, mon chéri. J'ai de la peine. Ce n'est pas très agréable de se faire traiter de conne par son fils...
Moi: Je sais. Je m'escuse**.

(À moi-même: ** «Je m'escuse»??? Au lieu de «m'excuse» - **awkward**. Ça sort souvent comme ça quand je suis un peu émotif...)

Mom: J'aimerais que tu y penses la prochaine fois avant de traiter quelqu'un de con.

Je fais «oui» de la tête en baissant les yeux.

NOTE À MOI-MÊME: SAUF MÉMÉ.

Mom: Ça fait de la peine. Et tu dois comprendre que tu es responsable de tes paroles et de tes actes, alors il y a des conséquences...
Moi: Je comprends...

Elle se penche vers moi et me fait un gros câlin... hiiiiiii... J'aime ça quand même... et les larmes me brûlent les yeux, mais il faut absolument que je me retienne, alors je pense à autre chose, **genre**: Mémé qui me dit des conneries... **Zut**, ça ne marche pas comme je le voudrais...

Ça y est, il y a une larme qui s'est échappée. Vite, je l'essuie pour que ça ne paraisse pas...

MOM: Allez, viens manger! J'ai préparé un bon souper!!

Je suis incapable de parler, car je vais me mettre à pleurer et je veux que personne ne me voie pleurer, surtout pas Lulu... Sinon, elle le dira à Charlotte, qui le dira à Justine, qui... ben... rira de moi... Je me contente donc d'un signe de la tête en disant: «**OK, j'arrive.**» Par chance, ma mère est déjà sortie et je peux essuyer une autre petite larme qui commençait à couler...

@#$%?&: Tu pleures?

** Je sursaute. Le p'tit maudit est dans le cadre de ma porte et il m'a vu. Comment il fait pour toujours apparaître comme ça, lui? Y'est pire que... t'sais, là, le magicien connu qui apparaît et disparaît?

Moi: Pantoute! Qu'est-ce que tu dis là, toi?

@#$%?&: On aurait dit que tu pleurais.

Moi: Veux-tu ben arrêter de dire des conneries! Faut descendre, on mange.

(Je réfléchis en descendant les escaliers.)

C'est fini, jamais plus je ne traiterai quelqu'un de con... Sauf peut-être Mémé, et Kevin, et, euh, le p'tit nouveau dont j'oublie le nom, mais qui porte toujours une casquette rouge pas rapport. **Non, il est quand même fin, lui...**

Mémé, elle le mérite. C'est vrai, elle n'est pas fine avec moi, pourquoi je serais fin avec elle???

Mais je le dirai en secret, comme ça ma mère ne le saura jamais... Bien que...

15 mai. J'ai ~~prit~~ pris une petite pause d'écriture. On a travaillé fort à l'école, tout arrive en même temps. Je suis dehors, dans les escaliers, parce qu'il fait beau.

J'ai vu le meilleur film du monde!!!! THE HUNGER GAMES. Trop MALADE comme film. OK. Je sais que c'est un peu violent, là, mais c'est vraiment bon...

Et Jennifer Lawrence est vraiment trop belle... Même plus que JUSTINE... (Ben là, c'est sûr, c'est une actrice.) Le père de William travaille avec des gens de Hollywood. Je me demande s'il connaît quelqu'un qui connaît quelqu'un qui connaît quelqu'un qui pourrait me la présenter. Je suis sûr que ça «cliquerait» entre elle et moi. Elle est tellement belle, je vais demander à maman de m'acheter le livre. J'ai le goût de le lire... William l'a déjà lu et il m'a dit que c'était bon...

En fait, il a lu les trois livres.

P.-S.: ** OUF, c'est de la job, ça... Mais, à part manger, il ne fait pas grand-chose, William, quand il est chez lui...

Jennifer (ben, son personnage, Katniss) fait du tir à l'arc. J'ai le goût d'en faire, moi aussi... Je suis sûr que je serais très bon. Et, en plus, je pense qu'un des trois mousquetaires en faisait, non?

Faudrait que je revérifie, je ne m'en souviens

plus... Pourtant, ça ne fait pas si longtemps que je l'ai lu. Mais il faut dire que j'ai sauté des chapitres, parce que ça devenait long un peu, quand même... et, comme les autres lisaient leurs parties...

P.-S.: ** Pour mon oral, j'ai appelé mon cousin et il m'a raconté toute l'histoire en détail. Il est tellement cool, Joje. Plus j'y pense, plus je me dis qu'il fera un bon mousquetaire...

Les trois mousquetaires sont allés au cinéma ensemble pour voir THE HUNGER GAMES. Nous y sommes allés avec la gardienne de William.

    ** Que j'appelle la queue de vache (ou la sangsue), elle aussi.

La mère de William est partie en voyage (ENCORE) avec son père... Ils sont souvent partis, ces deux-là. Ma mère a pitié de mon ami, alors il vient souvent chez nous et on marche jusqu'à la crèmerie, qui est ouverte depuis presque un mois... Moi, j'aime les blizzards aux biscuits Oreo. William, lui, c'est

OREO + SMARTIES + BROW-NIES + ROLO + SAUCE AU CARAMEL.

Il dit que c'est débile. Je comprends, je pense que ça coûte **DIX DOLLARS** juste pour les extras!!!! Mais sa mère lui donne beaucoup d'argent... **J'imagine qu'elle se reprend parce qu'elle n'est jamais là.** ☹

Je m'endors en pensant à Jennifer Lawrence et à ce que je lui dirai quand je la rencontrerai... **QUOI???** ça se peut!!! Je dois demander à William si son père connaît quelqu'un qui connaît quelqu'un qui connaîtrait quelqu'un qui pourrait me la présenter... En attendant, je vais continuer à rêver à elle...

— — — — — — — —

17 mai. (Un peu partout dans la maison. Il fait super beau dehors... mais je reste à l'intérieur. Je sortirai plus tard.)

C'est la fête de maman, alors papa organise un souper ce soir. Il va faire des steaks sur le **BBQ**. On n'a pas encore mangé de **BBQ** cette année. Il fait super beau. Mamie et papi viennent plus tard. *COOL*. Ils vont sûrement m'apporter des cadeaux, ils le font toujours... C'est cool... Même si je ne les aime pas toujours. **(Parfois, je dois faire semblant que je suis content...**
** Je m'en viens bon, je trouve.)

Je descends à la cuisine pour voir ce qui se passe...

Mémé est là avec les jumeaux et papa. Maman est partie au spa pour la journée. Elle aime ça, se «faire tripoter», comme elle dit. Alors, on lui a donné ça comme cadeau de fête + de fête des Mères. (Ça tombe presque en même temps.)

Moi: Qu'est-ce que vous faites?
Mémé: Tu ne vois pas? On prépare un gâteau de fête pour maman.
Moi: (Hausse les épaules.)

Je regarde vers papa, qui est occupé à l'autre comptoir. Il coupe le gros filet de steak en

portions ~~invidi~~ individuelles. Il aime ça, faire ça.
(La viande doit mesurer trois pieds de long...)

Mémé: Tu devrais nous aider, au lieu de
rester planté à nous regarder.
Moi: Je ne sais pas comment faire un gâteau,
moi.
Lulu: C'est facile! Tu lis les instructions!
Mémé (à Lulu): Il ne sait pas lire.
Moi: HA! HA!... Très drôle, ~~maudi~~ euh... espèce
de...

P.-S.: ** Je regarde papa, qui est concentré sur
son steak... **JE BAISSE LE TON.**

Moi: ... de conne.

Lulu arrête de respirer... @#$%?&' aussi... Mémé
me regarde avec de gros yeux ~~eggs~~ exorbités. Lulu retient
toujours son souffle... Puis ça éclate...

Mémé: *PAPA!!!* As-tu entendu?
Papa: Non. Quoi?
Mémé: Lolo m'a traitée de conne.
Papa: Heille...
Moi: Ce n'est même pas vrai!! Elle ment!

Mémé: Non! **TU** mens!

Papa: Là, là, je vous avertis. (** **Papa est mal pris avec son couteau, ses mains pleines de sang et le gros steak.**) Vous êtes mieux d'être gentils aujourd'hui, pour votre mère. Ça suffit, ces niaiseries-là. Montrez le bon exemple aux jumeaux!!

Mémé: Mais c'est luiiiiiiiii!!!

Papa: Je ne veux pas savoir c'est qui!

P.-S.: ** Je souris, Mémé se croise les bras.

Papa: Organisez-vous pour vous entendre, parce que vous serez tous les deux punis! Compris?

P.-S. (À MOI-MÊME): ** DEPUIS QUAND IL S'ÉNERVE, LUI???

Papa: Je vous parle!! Je suis sérieux. COMPRIS?

(** Y'est sérieux, en plus?? Ha! Ha! Sérieux?)

Moi: Oui oui.

Papa: Non. Je ne veux pas de «oui oui».

Moi (** **très perdu**): Ben là, tu ne veux quand même pas que je te dise non??
Papa: Lolo, ne fais pas ton «smatte».
Moi: Je te dis oui pis c'est pas correct! Qu'est-ce que je suis supposé dire, alors?
Papa: Ça n'avait pas l'air d'un oui sincère.

P.-S.: ** JE HAUSSE LES BRAS ET JE LÈVE LES YEUX AU CIEL – D-É-S-E-S-P-É-R-É...

Papa: OK, OK, c'est correct... Vous êtes tous les deux d'accord, compris?
Moi (je regarde vers Mémé, puis): D'accord.
Mémé (elle hésite, puis): Compris.

Je regarde Mémé, qui me fait une grimace... Ça fait rire Lulu et @#$%?&...

Je me prends des biscuits avec un verre de lait. Je suis trop cool. Mémé est prise avec les jumeaux et le gâteau, et moi, ben, je remonte jouer sur l'ordi. FULL COOL. D'Artagnan cool. Jennifer me trouverait bien charmant en ce moment...

Je suis sur le point de sortir de la cuisine...

Papa: LOLO? Qu'est-ce que tu fais?

Moi (la bouche pleine de biscuits): Ch'm'en vais en haut.

Papa: Mets donc la table. ça nous donnerait un coup de main.

LOOOOOOOOSER!!!!

Papa: Oh! Et n'oublie pas que papi et mamie seront là. On sera huit.

Mémé me regarde et me fait une grimace. Je la mérite. **1-0** pour elle... (Je sais que je n'ai pas le droit de dire de mauvais mots, mais je pense que c'est approprié dans ce cas-ci... MAUDIT!)

Plus tard, à l'arrivée de mes grands-parents, vers 16 h 47.

Décidément, ce n'est pas ma journée. Pas de cadeaux des grands-parents??? C'est la première fois que ça arrive... (Euh, peut-être la quatrième, mais qui compte??) Et ma grand-mère me répète qu'elle s'est ennuyée de moi. Elle aurait pu au moins m'apporter un p'tit quelque chose, genre, pour me **PROUVER** qu'elle s'est **VRAIMENT** ennuyée. Pas besoin que ce soit grand-chose... C'est la pensée qui ~~conte~~ compte.

Je pensais que les grands-parents étaient sur terre pour gâter leurs petits-enfants, **NON??** Ils n'ont rien d'autre à faire à part ça... Oh, à part jouer aux cartes avec leurs amis...

18 h 59

Pendant le souper, au dessert, **tout le monde** a rentré l'épée plus creux au fond de ma poitrine quand Mémé est arrivée avec le gâteau...

TOUT LE MONDE:

> Bon-ne fêê-te maa-man,
> Bon-ne fêê-te maa-man,
> Bon-ne fêê-te, bon-ne fêê-te,
> Bon-ne fêê-te maaaaa-maaann!

Hip! Hip! Hip!

HOURRA!

Maman a les yeux dans l'eau...

Maman: Oh! Merci!!

ELLE CONTEMPLE LE GÂTEAU...

Maman: Qu'il est beau!!
Mémé: C'est moi qui l'ai fait!
Lulu (fière): Avec moi!!
@#$%?& (fier): Et moi!!

Silence. Maman me regarde, pensant que je vais également dire que j'y ai participé. Je me contente d'un petit sourire au plancher. Elle se retourne vers mon frère et mes sœurs.

Maman: Merci, mes amours, vous êtes trop fins.
Moi (pas trop fort): J'ai mis la table...

PERSONNE NE M'A ENTENDU... JE PENSE, EN TOUT CAS, PARCE QUE PERSONNE N'A RÉAGI.

P.-S.: ** Je soupçonne Mémé d'avoir entendu, mais elle ne compte pas, elle.

Maman coupe le gâteau et, comme si j'avais

VRAIMENT besoin de ça...

Mamie

(LA BOUCHE PLEINE):

Oh! Qu'il est bon, ce gâteau-là!!

Maman: Mmmm... Oui!!! Super bon!!

Mémé: C'est une recette que j'ai trouvée dans le nouveau Coup de pouce **.

Revue de cuisine pours les madames (que j'appelle aussi les «matantes»).

Mémé (suite): Je voulais faire changement.

Maman: J'espère que tu l'as gardée. C'est un excellent gâteau.

Lulu, Mémé et @#$%?&: Merci!

JE REGARDE LES AUTRES SANS SAVOIR QUOI DIRE PUIS:

Maman: En tout cas, je...

Moi: J'ai mis la table.

Tout le monde se retourne vers moi sans parler.

Je peux lire dans l'expression de Mémé:

TU N'AS PAS RAPPORT!!!

P.-S.: ** Elle a un peu raison... Aucun rapport...

Maman me sourit.

Maman: C'est vrai?
Moi: (Je hausse les épaules – je m'en fous...
ben, un peu, en tout cas...)

Les yeux commencent à me chauffer.................. je sais ce que ça veut dire, mais là, il faut vraiment que je fasse un effort, parce que Mémé en aura pour un an à rire de moi.....................

Maman: C'est gentil. Merci, mon amour.

Elle me regarde et me fait un clin d'œil.

Mémé: C'est pour ça que les couteaux et les fourchettes étaient à l'envers...

Je me retiens pour ne pas la traiter de vache, de conne, de chienne, de conne, de... de...

vache. Mais, au moins, les larmes sont restées en dedans... **FIOU!!!**

Moi: Oui, c'est exactement pour ça. Mais c'est la pensée qui compte, non?
Maman: Oui, mon trésor!

Mémé me lance un regard furieux...
1-0 pour moi. **Hé! Hé!**

---

5 juin. En «réflexion» dans ma chambre. (Réflexion = pénitence: j'ai mis de la crème à barbe dans le tube de dentifrice de Mémé... mais c'est Lulu qui s'est brossé les dents avec. LE BORDEL.)

** Ça fait longtemps que je n'ai pas écrit, mais c'est parce qu'on a été très occupés à l'école à réviser pour les examens. Ça me stresse un peu, parce que je ne veux surtout pas faire de cours cet été. Je veux en profiter au maximum!
En plus, mes parents m'ont dit que je pourrais

" si j'ai de bonnes notes "

passer une semaine dans un camp. Je n'y suis jamais allé, parce qu'on est quatre enfants et des fois c'est un peu trop cher d'y envoyer tout le monde, mais, cette année, mes parents ont accepté de faire une exception si je réussis mes examens. J'aimerais aller au même camp que Max. En fait, j'irais bien au même camp que William, mais lui, il part pour SEPT SEMAINES dans un camp du Maine qui coûte super cher.

** Malgré tout, je pense que je m'ennuierais de ma famille pendant tout ce temps... sauf de Mémé, bien entendu...

Il me dit que c'est vraiment le fun, mais ce n'est pas trop dans le budget de mes parents. Pas grave, il y a beaucoup de camps aussi cool ailleurs, et j'ai hâte de regarder ça. Mais, avant, je dois étudier pour avoir de bonnes notes. Alors, je me concentre!!!

— — — — — — —

18 juin. (Je ne suis plus trop sûr, parce qu'on est le 22 juin, mais je voulais écrire pour le 18, parce que c'était la fin des examens.)

Fini les examens. *OUF!* Je ne sais pas si je les ai réussis, mais j'ai donné mon **110 %**, comme ils disent à **L'antichambre**∗∗.

∗ C'est une émission de hockey à RDS que mon père regarde toujours, même s'il raconte à ma mère qu'ils disent des **niaiseries**. Quand ma mère n'est pas là, on la regarde ensemble. En plus, je me couche plus tard...

CHUT!!

P.-S.: ∗∗ Je sais que ça n'a pas rapport, mais Joje connaît toutes les statistiques des joueurs de hockey de la Ligue nationale **(LNH)** au complet. Il est hallucinant. Il adore le sport. Quand j'aurai mon pays, je le nommerai faux-ministre des Sports. Il sera super bon!!!

J'ai bien hâte de recevoir mon bulletin. William et Max, eux, m'ont dit qu'ils avaient trouvé ça très facile, mais bon, on verra – dans le temps comme dans le temps, comme dirait mon père!!

William et Max sont meilleurs que moi à l'école. Mais ce n'est pas bien grave, je suis quand même pas pire... En tout cas, je suis meilleur que Kevin... et que le p'tit nouveau à la casquette rouge. C'est quoi déjà, son nom, à lui?

Pour le reste de l'année, on va faire des activités le fun, dont une sortie à la mine de Capelton et une journée de plein air je ne sais plus trop où. On est déjà allés et c'était trippant...

P.-S.: ** Je garde mes doigts croisés en espérant avoir de bonnes notes...

20 juin. (À la mine, mais dans le bus, c'est plus important!!!)

TROP MALADE, LA SORTIE!!!!

Ce n'est pas tant la ~~sorite~~ sortie qui l'était que le retour de Capelton. Comme on est trois dans le «club», je me suis assis avec Max en allant là-bas. Et, au retour, Max ~~sait ces c'est~~ s'est assis avec William. Alors, j'étais seul. Pas tellement loser, parce que je me retournais vers les gars, qui étaient assis derrière moi.

Mais là, les amies de Justine sont venues s'asseoir tout près et, puisqu'elle était seule, elle s'est assise avec moi!!

On n'a pas beaucoup parlé, parce qu'elle jasait avec ses amies au début, mais, à un moment donné, on a commencé à tous parler ensemble. C'était pas mal cool!!!

En plus, sa main a frôlé la mienne à un moment donné...

OH, BOY...

En tout cas, j'aime ça, la mine de Capelton, moi!!!

22 juin. (Dans la classe, un peu partout)

Dernière journée d'école. On fait des activités en classe. Il pleut dehors, ce n'est pas super.

On a apporté des jeux de société et on joue et ce qui est le fun, c'est qu'on pouvait apporter de la nourriture.

Très important:

On doit faire attention, car il y a cinq personnes allergiques dans la classe:

- Marjorie (la petite pie);
- Kevin (pas le con, un autre);
- William (pas le gros, un autre);
- François-Xavier, l'énervé (des fois, j'aurais le goût de lui en donner, une amande, à lui...);
- le p'tit nouveau avec la casquette rouge dont j'oublie toujours le nom"...

** Il est temps que je le sache, son nom, on est à la fin de l'année... POUR MA DÉFENSE, je dois dire qu'il a un nom très bizarre, genre Jarof, Yabof, Yamorve, je ne sais pas trop. Personne ne s'en souvient... même *MADAME MANON*... Bof, je m'en souviendrai l'année prochaine...

La mère de William a acheté (car elle ne cuisine jamais) des cupcakes pour toute la classe!!

Elle est cool pareil... même si elle n'est jamais là pour s'occuper de son fils. Mais ma mère dit que ce n'est pas de nos affaires.

Juste avant de partir, on s'est tous dit :

Bon été, et à l'année prochaine !!

** Techniquement, c'est faux de se dire ça, car on se reverra dans la même année... Je ne la comprends vraiment pas, celle-là...

Je n'ai pas reçu mon bulletin. Je ne sais donc pas comment mon été va s'enligner... Par contre, je sais que je ferai quelques camps de jour, dont celui de soccer, car il ne coûte pas trop cher...

Connaissant ma mère, je suis sûr qu'elle va acheter des ~~maudits~~ livres d'exercices de maths et de français à faire pour s'exercer... Je les ferai quand je serai en pénitence... ou bien j'écrirai dans ce carnet pour raconter mon été (plutôt dans un nouveau, parce que celui-ci est presque rempli)...

Je vais sûrement aussi voir mes amis. Surtout Max. William, lui, s'en va dans son camp à l'autre bout du monde pour **7 semaines** (je sais, je me répète... mais c'est parce que je ne me relis pas toujours...), alors je ne le verrai pas vraiment de l'été.

À part ça, je vais jouer un peu au tennis au parc pas loin avec mes amis (ce ne sont pas de vrais amis, parce que je les vois juste l'été). Oh, et je vais ramasser des grenouilles pour Mémé!

** **Faut juste que ma mère ne le sache pas...**
(Euh... Presque impossible...)

Juste avant de partir, je suis allé à ma case, puis dans le coin pour boire de l'eau. Quand je me suis relevé, Justine était là...

Moi: Oh, salut.
Justine: Tiens.

Elle me tend un papier. Je fronce les sourcils en voulant dire: «Qu'est-ce que c'est??»

P.-S.: ** Elle a, genre, lu dans mes pensées, parce qu'elle a répondu à ma question... avant que je ne la pose...

Justine: C'est mon adresse email, si t'as le goût de m'écrire, cet été.
Moi: Cool.
Justine: Tu fais quoi, pendant les vacances?
Moi: Je ne sais pas trop encore...

LOOOSER!

Moi: Toi?
Justine: Je vais chez ma grand-mère une semaine à Saint-Anicet, puis après je vais au camp pendant deux semaines.

** SAINT-QUOI???

Moi: Cool...
Justine: Bon ben, salut...

Elle se penche vers moi et m'embrasse vite vite sur les lèvres. En fait, ce n'est pas vraiment sur les lèvres, mais je me suis genre tourné du même bord qu'elle, alors nos lèvres se sont frôlées...

PEU IMPORTE...

Je ne me lave plus jamais la bouche. **SÉRIEUX**.

(Ben non, je sais que je n'aurai pas le choix un jour ou l'autre...)

Quelques jours plus tard...

(Je ne sais pas à quelle heure la discussion a commencé, parce que je n'ai pas pensé à regarder, mais elle a fini à 10 h 52.)

Maman entre dans ma chambre.

Maman: Lolo?

Moi: Quoi?

Maman: J'ai une bonne nouvelle pour toi.

** Je retiens mon souffle... ben... pas trop longtemps, quand même, je ne veux pas mourir... **

Maman: Papa et moi, on a décidé de t'envoyer au camp pour deux semaines.

Lolo: Ah oui?

P.-S.: **** OK. Je sais que je n'ai pas l'air très excité, mais c'est parce que mes parents ne sont pas les plus cools du monde... C'est sûrement un camp poche où je ne vais connaître personne...**

P.-P.-S.: **** Oh non, va encore falloir que je fasse semblant** d'être content... comme quand mamie et papi me donnent des cadeaux que je n'aime pas...

Maman: J'ai parlé avec Geneviève, la mère de Max, et on t'envoie en même temps que lui.

Moi: ... au même camp?

Maman: Bien sûr!! On ne t'aurait pas envoyé dans n'importe quel camp!! Et imagine-toi donc que j'ai parlé à «matante» après, et elle envoie Joje là aussi.

Moi (les yeux me doublent de grosseur): En même temps?

Maman fait «oui» de la tête.

JE SAUTE AU COU DE MA MÈRE!!!!

Moi: Merciiiiiiii!!! Vous êtes trooooooop coooooooooools!!!!!

P.-S.: ** J'écris gros parce que je suis trop content.
P.-P.-S.: ** Si mon carnet était plus large, j'aurais écrit encore plus gros...

P.-P.-P.-S.: ** J'ai bien le droit de changer d'idée...
C'est vrai qu'elle est cool, ma mère... ben, des fois...

J'appelle Max en vitesse...

Moi: Maaaaax??

Max: Quoi?

Moi: On s'en va au camp ensemble!!!!

Max: Han?? Cooooooooooooool!!!!!!

FIOU!!!

Moi: En plus, mon cousin Joje va être là en
même temps. Tu vas enfin le rencontrer!

Max: Trooooop coooool!!

P.-S.: ** On va avoir full de temps pour trouver
un nom à notre pays... Oh, et faire des lois!!! Il va
juste manquer William, mais on lui enverra des
courriels!!

** YOUPPI!!

P.-P.-S.: ** J'ai hâte de te raconter mon été!!

À BIENTÔT!!!!

248

REMERCIEMENTS

** Tout d'abord, on aimerait remercier les amis de **CHARLES-OLIVIER** qui ont contribué (**parfois malgré eux... héhé) à l'écriture de ce roman ~~journal~~ carnet.

** **JOEY-ANTHONY**, alias «Joje», tu as été le meilleur premier public. *MERCIIIIIIIII* pour tes suggestions!

** **MARTIN BALTHAZAR**: t'es *FULL COOL!!!!* Sans ta patience et ta confiance, on n'aurait pas pu réaliser ce projet.

Merci aux «filles» de la Bagnole, **ANNIE OUELLET** et **LUCIE DELEMER**... oh... que l'on vous en doit une... ;-)

Finalement, le plus gros des mercis à nos amours, **CHRISTIAN** et **CATRIONA**, vous êtes trop *HOT!!!!!!*

CARO ET LOLO ;-)

DISTRIBUTION EN AMÉRIQUE DU NORD:
Les Messageries ADP inc.*
2315, rue de la Province
Longueuil (Québec) J4G 1G4
Tél.: 450 640-1237
messageries-adp.com
*filiale du Groupe Sogides inc.,
 filiale de Québecor Média inc.

DISTRIBUTION EN EUROPE
Librairie du Québec / DNM
30, rue Gay-Lussac
75005 Paris
Pour les commandes: 01 43 54 49 02
direction@librairieduquebec.fr
librairieduquebec.fr

Cet ouvrage a été achevé d'imprimer au Québec
sur les presses de Marquis Imprimeur
en octobre deux mille quinze
pour le compte des Éditions de la Bagnole.